# 人妻教練

《人妻教練》

作者：南方客

（第二版）

中文電子書於 2012 年由電書朝代製作發行，推廣銷售

電書朝代 (eBook Dynasty) 由澳洲 Solid Software Pty Ltd 經營擁有

網站：http://www.ebookdynasty.net/

電郵：contact@ebookdynasty.net

繁體中文紙本書於 2018 年由 IngramSpark 隨需印刷

Ingram Content Group 推廣銷售

**唯有能夠讓女人快樂的男人，才是真正的男人。**

《人妻教練》

# 第一章

　　我第一次聽到「人妻教練」這份工作，是在雪梨市區的一家小酒吧裡。這是我下班之後常來打發時間的地方，燈光昏暗，佈置簡單，酒保動作快而不囉唆，酒客們大部份是單人單桌，沒有人想要打擾對方，也不希望被別人打擾。這樣的一個飲酒的環境很適合我的個性，每天晚上慢慢喝掉幾大杯啤酒，花費不多，回到家之後神智也還算清醒，可以看看球賽。

　　我一個人住在一棟小房子裡，格局和雪梨市大部份的房產一樣，像香腸般一節節地從大馬路旁延伸到窄小的後院。最前頭是儲藏室，因為我不喜歡馬路的噪音，儲藏室裡也沒有什麼有價值的東西，遭小偷也算了。再來是廁所，因為我每次從酒吧回來總是會尿急，一進門就衝到馬桶旁唏哩嘩啦一陣，平常上班也是把上廁所當成出門前必須做的最後一件差事。接下來便是起居室，設備簡單到只有一張沙發、一盞檯燈和放在地上的一架電視，平時我很少在這裡逗留，因為感覺實在太過空蕩寂寞，也不想去花錢買更多的傢俱充人氣。隔壁是廚房，基本的廚具雖然都有，我最常用的卻只有烤麵包機、微波爐和冰箱，爐子則完全廢棄在那裡，垃圾桶可以一星期才清理一次，反正我也總是不在家。

　　房子最後頭是臥室，一個單身漢的寢間實在沒有什麼好描述的，總之是滿天滿地凌亂不堪。我的衣物都拿到街角的投幣式乾洗店去處理，也是一星期一次，是我十分厭惡而又不得不做的瑣事。臥室的窗外是長滿了雜草的後院，我總是日夜把窗簾拉上，眼不見為淨。

　　也許這個臥室裡唯一能見人的就是那張大床了。我這個人雖然不太整潔，每天卻都會鋪床，床單也會每星期換一次，只是每次把洗過的床單從乾洗店拿回來之後都懶得折疊，所以床單總是皺皺的，一星期下來也被我躺平了。我的床單、枕巾和被套都是白色的，有什麼髒污可以馬上看得很清楚。其實它們也髒不到哪裡去，因為我每天晚上睡覺以前必定會洗澡洗頭，這張床上也從來沒有女人睡過。

　　也許你會懷疑，在雪梨這個五光十色的大都市裡，找個女人應該不是問題吧？我今年三十一歲，雖然沈默寡言了些，身材和長相卻都還不錯。我每個月雖然賺得不多，銀行裡卻也還有一點積蓄，要交女朋友也是可以的，想找個女人解決需要更沒有問題。每天上班時都有女客戶對我擠眉弄眼，我卻從來不想採取行動。

　　我當然不是同性戀，看到漂亮的女人，心裡也會覺得癢癢的。我有時候也會問自己，為什麼不想找個伴侶，無論是性靈或性慾方面的都可以，也免得一個人寂寞。可是我每次總會回答自己，我的單身生活其實過得不錯，沒有什麼需要改變，更不需要去主動找個人來強迫我改變。也許我只是還沒有遇到合適的女人。我的個性不是浪漫多情的那一種，過去也沒有因為失戀而傷心絕情過。我想我只是一個對凡事都感到無動於衷的人，對這個人生沒有什麼太大的想望，便也不會有失望的機會。

　　可是世事往往是難以預料的，電視裡和書上都是這麼說的，沒想到有一天還真的給我遇上。那是一個星期四的晚上，我照例在下班之後走進酒吧，挑了一張單人桌坐下來，點了三大杯啤酒，眼睛盯著牆上無聲播放的球賽看，腦子裡什麼事也不想，純粹在那裡消磨時間，讓自己慢慢麻木。酒吧裡的人不多，除了酒保大概是為了娛樂自己而播放的一點音樂之外，可以說是相當安靜祥和的。

　　喝完啤酒，我正準備起身付帳的時候，一個中年女人突然走到我的桌旁。「對不起打擾你，請問，我可以請你幫個忙嗎？」

　　我驚訝地看著這個女人，她大約四十歲，看起來好像是亞洲人，頭髮和眼睛都是黑色的，臉色也很姣好紅潤，妝化得不多。她的頭髮簡單地在腦後挽了一個髻，穿了一件式樣保守的素色洋裝，裙子長到膝蓋，鞋子也是低跟的，沒有穿絲襪。她手裡沒有拿皮包，只有一個信封。她的英文很不錯，除了速度有些慢之外，語調和口音都和本地人差不多，大概是在雪梨住很久了吧。

　　這個酒吧一向沒有什麼女性酒客，也許，對那些年輕熱情的女人而言，這裡的環境確實是單調了些，像我們這種沒事就到這裡來喝酒打發時間的男人，內在外在再怎麼有條件，想來也沒有辦法給這些女人一個好印象。也許其他酒客也注意到這一點，對我們好奇地張望著，猜想這個亞洲女人為什麼要來向我這個白種男人攀談。但是這個酒吧的好處就是沒有人願意找別人的麻煩，因此並沒有人過來打擾我們，大家還是埋頭喝自己的酒。

我不知道該說什麼才好，只好回答：「呃，請坐吧。」一面趕緊站起身從鄰桌拉了一張椅子過來放在她身後，等她姿態優雅地要坐下了，再幫她把椅子往前推了推，調整好椅面和桌子之間的距離，這才讓她坐下。等她坐好之後，我才回到自己的椅子上。

她輕笑了幾聲：「你對女人很有禮貌啊，動作也很輕巧。」她把手上的信封放在桌面上，這才說了「謝謝」。

我聳聳肩，還是不知道怎麼回答。在那無比尷尬的幾秒鐘之間，她只是用那雙黑白分明的眼睛看著我，好像在觀察我的一言一行似的，那種眼神讓我想到電視影集中常常看到的科學家在實驗室裡檢驗屍體，準備找出兇器是什麼，兇手又是誰，什麼細節都不放過。

我清了清喉嚨，終於能夠開口：「我可以幫妳什麼忙嗎？」

她的眼神銳利，神態卻很鎮靜，嗓音也很平和，好像一位在課堂上教學的老師。「我想提供你一份工作。相關的細節都在這個信封裡。」

我太過驚訝，以至於笑了起來：「謝謝妳，可是，我已經有工作了。」在這樣說的同時，我心中不禁鬆了一口氣，幸好她不是想要招客的妓女，否則我還真不知道應該怎麼拒絕。

「我也猜想你有工作，可是你每天都到這裡來喝酒，不到晚上十一點不肯離開，可見你還是很有空的。」她不疾不徐地說著，一副對我很了解的樣子。看起來，她已經盯上我很久了。真不知道我這個人是怎麼搞的，老是會引起女人的注意。難道她們就不能去找別的男人嗎？我這個人有什麼好？

「我想，我的生活要怎麼過，應該是我自己的事吧？」我刻意讓自己的語調有些不耐煩，希望她能知難而退。我不是一個喜歡在女人身上花錢的人，更不喜歡無謂的干擾。

　　她不為所動，只是鎮靜地看著我。「你說得不錯，我確實沒有權利干涉你的生活。只是，我注意你很久了。我覺得你這個人個性很嚴謹、認真、獨來獨往、不喜歡牽扯複雜的事情，正是我想要找的人。」

　　我又聳聳肩，一副無所謂的樣子，不想讓她發現自己對眼前這個男人的觀察有多麼精確。「妳不認識我，怎麼知道我可以勝任妳提出的工作？更何況我已經有工作了，沒有時間做其他的事，也不需要額外的薪水。」我把目光從她保養得十分細嫩的臉上移開，張望了一下酒吧裡其他的酒客。「也許其他人可以幫上妳的忙。」

　　她搖了搖頭，我注意到她的口紅是暗紅色的，唇線描得很仔細，襯得她整齊的牙齒分外潔白。「我想要提供你的這份工作，不是一般人可以做的，我也不喜歡公開登廣告找人。只有我認為有能力的人，我才願意和他們接觸，提供他們進一步面試的機會。如果他們在面試之後不願意接下這份工作，我也會要求他們對面試的過程和相關內容保密。」

　　我不回答，只是耐心地看著她，希望她能提供更多的資訊。無論這是一份什麼樣的工作，到目前為止，感覺的確是相當神祕而有趣的，也許這正是她的手段，希望男人都像好奇的貓一樣自動跳進她的懷抱，任她擺佈。然而我的直覺告訴我，這個女人並沒有說謊，她的態度是認真而直接的，這個工作也確實是存在的。

　　她伸出手拍了拍桌上的信封。「所有的詳情都在這個信封裡面，包括面試的時間和地點。」她察覺到我想打斷她的話，又搖了搖頭。「我知道你現在對這個工作完全沒有興趣。我只希望你看在我這個陌生人的份上，能夠幫一個忙，仔細地看看信封裡的文件。看完之後，如果你對這份工作有興趣，就請你依照文件上的指示去參加面試。如果你覺得這份文件實在很無聊，也請你把它銷毀，就當作我們從來沒有見過面，我的話也請你不必當真。」

　　我不知道自己該說些什麼，只好點了點頭。大不了我一出門就把這個信封丟到垃圾桶裡，她也奈何不了我。

　　她銳利的眼神似乎看穿了我的心思，嘴角微微上揚了一下。這短暫的微笑是極為嫵媚的，就在那一瞬間，我不禁想請她喝杯酒，天南地北地隨便聊些什麼都好，只要她肯留在這裡陪我，就算是一百個工作我也願意接下來。然而我很快地制止了自己的胡思亂想，美麗的女人到處都是，卻實在是惹不得，我犯不著給自己找麻煩。

她似乎完全知道我在想些什麼，優雅地站起身，向我伸出一條修長光滑的手臂。我連忙站起身來，輕輕地握了一下她的手，她向我點頭致意後就轉身離開了，步調是從容而自信的。我自己也不知道為什麼，竟然希望她在出門以前可以再回頭看看我，可是，她就這樣乾脆俐落地離開了。

我在那裡坐了很久，酒也不喝，只是呆呆地望著桌上的那個信封，腦中思潮洶湧。到了晚上十一點，我也離開了。從此我再也沒有回去那間酒吧。

# 第二章

　　我想，任何人用腳趾頭也可以猜想到，我沒有把那個信封丟進垃圾桶裡。那天晚上，我坐在自己空蕩蕩的起居室裡，把信封放在面前的地上，像禱告一樣在那裡盯著它看了很久，心中實在打不定主意。我目前的生活難道不夠好嗎？我有工作，有自己的房子，雖然銀行戶頭的存款不多，可是至少衣食無缺。我沒有一個女人作伴，可是，男人一定要有伴侶嗎？男人需要女人，究竟是為了滿足肉體上的慾求，還是只想在心靈上有所慰藉？女人也需要男人嗎？像那個年紀已經不小的亞洲女人，那麼優雅曼妙，充滿自信，她究竟想從我這樣的男人身上或心中得到什麼？就算我願意付出，我又有什麼可以給她的？

　　第二天我請了假，騙老闆說我生了病，必須去看醫生。他爽快地答應了，畢竟我在他那裡工作了三年多，從來沒有請過一天病假或事假，算是個標準員工，他給我加薪都來不及了，自然不敢苛待我。

　　請完假，我當然哪裡也沒有去，待在家裡把門鎖起來，窗簾拉上，撤退到距離馬路最遠的臥室裡，坐在我那張大床上，把信封裡的文件拿出來仔細地讀。

　　文件的內容並不長，也不複雜難懂，可是我足足讀了三遍，還是弄不懂其中的意思，不但不能解答我目前對這整件事已經有的許多疑問，反而產生了更多的問題。這個女人究竟是什麼來歷背景？她到底想做什麼？天底下男人那麼多，她為什麼一定要挑上我？對於這份青睞，我應該感到榮幸，還是被騷擾的羞怒？我是否應該去參加面試？

　　文件只有一張，整齊清楚地列印在白紙上。在對於這整件事回憶不知道多少遍之後，我可以把所有的字句毫無錯誤地重寫在這裡，包括文件結尾列出來的面試時間和地點：

　　「徵求『人妻教練』，無能力或誠意者勿試。應試者必須是介於三十到四十歲、身強體健的男性，擁有豐富的性經驗，熟悉各種性交的姿勢和程序，充滿耐心和毅力，個性認真負責，能夠獨立行事，不多嘴多舌，不多管閒事，同時對於這份工作的所有相關細節能徹底保密。

「這份工作最主要的目標在於增進女性客戶的性能力，幫助她們發展性經驗，熟悉各種性交的姿勢和程序，培養對於性愛的渴望感和自信心，同時教導她們如何和男性進行圓滿的性交，讓雙方都能在肉體和心靈上得到滿足。簡而言之，這份工作的宗旨在於協助女性客戶成為成功的人妻，不但能讓她們的伴侶快樂、滿足，自己在婚姻生活裡頻繁的性交過程中也能充份享受愉悅的感受。

「應試者請在十月一日（星期五）下午三點到達雪梨市區聖喬治大街三百零四號的皇家飯店，房間號碼是六百二十六，敲門後便會有人主動和您聯絡。應試者須穿戴整齊，不需攜帶任何證件或履歷。請容許至少三個小時的面試時間。謝謝。」

讀完了這份文件，我整個人往後一躺，四仰八叉地倒在床上，感覺自己好像什麼漫畫的主角一樣，整個腦袋四周的空氣裡懸浮著許多問號和驚嘆號。在我這間臥室裡，從天花板上懸吊下來的燈具是最簡單的那種電燈泡附加寬敞的圓錐型燈罩，燈光投射而下，正好在我四周產生一道圓形的光暈，我覺得自己好像躺在什麼箭靶的靶心，隨時都可能會有一大串尖銳的長箭射向我的心臟，把我整個人牢牢地釘在床上，哪裡也去不得，什麼事也不能做。我躺在那裡向上看著光度其實並不強烈的電燈泡，看久了，一閉上眼睛就可以看見亮紅色的一團影像在眼前閃爍不定。那無比強烈而又缺乏真實的印象不禁讓我想到珍妮佛，我的第一個女人。

我二十歲的時候因為沒有錢交學費而決定休學一年，在就讀的大學附近找了一個在餐廳打工的職務，每天中午到廚房裡幫忙大廚和二廚準備料理，傍晚五點到晚上十一點則負責端盤子，伺候顧客。這份工作每小時的薪水不多，但是可以免費吃午餐和晚餐，也可以只付很少的租金而住在餐廳後面的一間儲藏室裡，地方雖然小到不像話，我也沒有什麼可抱怨的。我一向是個體力充足的人，每天的工作雖然很累，睡飽一晚之後，第二天又可以是活蹦亂跳的一條好漢。餐廳的老闆平時雖然很嚴屬，話也不多，處事待人卻相當公平，我犯錯時被他毫不留情地扣了薪水，如果二廚以為我年輕識淺而想要欺負我，也會被他痛罵一頓。

老闆的妹妹就是珍妮佛，那時大約三十多歲，長相雖然有些普通，身材卻很不錯，笑起來的時候也特別好看。她在餐廳管帳，如果客人實在太多而大家忙不過來，她也會繫上圍裙到廚房裡去幫忙煮菜、端菜，或是幫我調酒、遞菜，我們也因此而逐漸熟識起來。老闆對珍妮佛和我之間的友誼發展採取睜一隻眼、閉一隻眼的態度，也許他覺得，只要我們兩人都把份內的工作做好，我們的私人生活要怎麼過，實在也不是他所能干涉的。

我不否認對珍妮佛一直存有一份幻想，她豐滿的乳房和臀部，還有那雙大眼睛、性感的嘴唇和修長的雙腿，經常在我夢中浮現。可是那時還年輕的我並不能有什麼行動，也不知道應該怎麼處理這方面的事情，我雖然喜歡她，卻也不會想對她動手動腳，畢竟人與人之間的尊重和基本的禮貌還是得有的。我不是一個道貌岸然的人，我想她有時候也可以在我眼中看到男人對女人的渴望，但是她對我很尊重，平時的言行穿著也很保守，並不會隨便來挑逗我。

也許她和我都珍惜我們之間的這份友誼，遠甚於任何肉體上的吸引力吧。現在的我當然能了解這是一件很不尋常的事情，可是當時的我純粹是以直覺來引導行動，並不覺得男女之間沒有性交流是一個值得大驚小怪的概念。只要我每天能看到她，和她一起並肩工作，知道我有事沒事隨口講的一些笑話能讓她開心，也能感覺到她對我的關切和照顧，那就夠了。

後來珍妮佛告訴我，正是我當時那份毫不做作的天真，讓她願意主動跨越我們之間的友誼界線，因為她年紀比我大，知道這個世界其實不是這樣運作的，如果我居然能這樣一直單純下去而對世俗男女關係的真相完全沒有理解，那麼總有一天吃虧的會是我。當時我對她的這種看法當然不相信，只是因為尊重她而將之牢牢記在心裡，只有在我們後來分手之後，我才慢慢能體會她話中的深意。

有一天晚上餐廳營業結束之後，我躺在自己位於儲藏室一角的單人床上數這個月領到的薪水。在餐廳工作了八個月，除了生活中必要的開銷之外，我把所有的錢都存到銀行裡，準備第二年就回到大學裡去繼續讀書。將近午夜的時候，我突然聽見敲門聲，打開門一看，竟然是珍妮佛站在黑暗中，從我身後儲藏室裡透出來的燈光映照在她臉上，她的眼睛裡只有一種不尋常的專注，臉上的表情則是慎重的。

「珍妮佛！妳還好嗎？都這麼晚了！」我趕緊問她，心裡希望不是餐廳遭小偷了，或是老闆發生了什麼事。

「我有點事想和你商量。」她簡短地說。我雖然覺得奇怪，但還是請她進了儲藏室。我們平常在餐廳營業的時候沒有什麼時間交談，也許她真的碰上什麼麻煩了，才會選在這種時間和場合來找我幫忙。

結果幫上忙的是她。在那張窄小的單人床前，她要我保持安靜，一切聽她吩咐。我驚異地看著她把身上的衣服一件一件地脫下來，只剩下鮮紅色的胸罩和內褲，細緻的蕾絲襯著她白皙的皮膚，在儲藏室昏暗的燈光下看起來十分誘人。她握著我的手，教我如何解開她的胸罩排扣，再慢慢地拉下她的內褲，呈現在我眼前的便是一具美好赤裸的女體，好像是在夜晚完全綻放的一朵紅玫瑰。她的乳房高聳而充滿彈性，乳尖四周是一圈紅暈，小腹則略微有些突出，她的陰毛和頭髮一樣都是暗金色的，完美地暗示著下腹到雙腿之間的三角地帶。

我晚上一個人在儲藏室穿得很簡單，她幫我把套頭的恤衫脫掉，然後輕輕地解開我的皮帶，拉下牛仔褲的拉鍊，用同樣緩慢輕柔的動作把我下半身的兩件衣服脫下來。這是我從小到大第一次在別人面前赤裸，但是她坦誠而直接的目光告訴我，這一切沒有什麼值得慌張或羞恥的，我們只是兩個成年人，需要對方來滿足自己肉體上的需要，這是生命中的一個必要步驟，也是最自然的過程。當她溫暖的手開始撫弄我的陰莖時，我的心中只有一片平靜，好像在夜晚的花園裡獨自漫步，享受著月光和花香。

珍妮佛引導我的手在她身上游移，好像一個旅人在大地漫遊，自由而無拘束。她讓我躺在床上，親吻我的胸膛，雙唇慢慢移向我的小腹，我不敢看她，只輕輕用手順著她的頭髮。當她把我的陰莖含進口中時，我整個人開始顫抖，只覺得腦中一陣暈眩，什麼也不能想，整個宇宙裡好像就只剩下她和我，她抽送著我的靈魂，帶著我越飛越高，直到天堂邊緣。我覺得自己體內有一股力量慢慢湧生，逐漸充斥在身體的各個角落，隨時準備爆發出來。這是我從來沒有過的經驗。

她放開我的陰莖，讓我坐起身，她自己則躺了下來，讓我愛撫她的乳房。她的乳尖微微地抖動著，我把一邊的乳頭含在嘴裡，用舌頭品嚐著，然後又換到另一邊，她的乳頭逐漸堅硬而渾圓起來，喉嚨裡也發出了一些沒有意義的聲音。她引導我的嘴唇到她的下腹，她的陰毛像她整個人一樣柔軟體貼，她張開雙腿，讓我親吻她的陰唇，我試著用舌頭輕輕地舔，她整個臀部興奮地顫抖著。我用手撥開她的陰唇，慢慢地撫摸著那裡面溫暖潮溼的縐褶，在其中突出的一點四周繞著圈子。她開始扭動身體，雙腿卻分得更開了。

她教我如何把陰莖插入她的陰道，動作堅決而緩慢，我感覺她體內的肌肉緊緊包圍著我，擠壓著我體內的那股力量，讓它更想勇猛地竄出來。她教我如何用雙手撐起上半身，下半身則有力地移動，把我的陰莖一次又一次地推送進她的陰道裡，她的眼睛緊閉著，嘴唇微微張開，她的手愛撫著我的胸膛，穿梭在我濃密的胸毛之間。我覺得自己體內的那股力量越來越兇猛，逐漸脹大到我不能承受的地步，我抽送的速度慢了下來，力道卻一次又一次更強，她呻吟的聲音也越來越高，雙臂高舉，雙手抓住單人床頭的欄杆，讓我的力量完全籠罩她。我終於覺得陰莖盡頭有什麼閘門突然打開了，一股熱流從裡面直竄出來，射入她的體內，我不禁發出一聲低吼，她的整個頭也往後仰，喉嚨裡發出長長的一聲嘆息。

# 第三章

　　那是我永遠也無法忘記的一堂課。接下來的兩個月，珍妮佛每天晚上都到儲藏室來和我做愛，我們在那張單人床上嘗試過每一種可能的姿勢，一次又一次重複著，她教我如何取悅她，也盡力取悅我，我則在她的教導之下逐漸掌握各種訣竅，每次都能讓我們兩人同時達到高潮，她的一頭金髮狂亂地散在我的枕頭上。她堅持我們每天晚上都要換乾淨的床單，事後也要把儲藏室清理好，一切保持整潔。她總是說，能夠對性愛認真，就是對生活保持適度的尊敬，對於人性也可以有更深一層的了解，因為每個人喜歡的姿勢和程序都不一樣，達到高潮的那一瞬間就是靈魂出竅的時刻，那是終於抵達天堂的狂喜，也是對性伴侶最徹底的投降和擁有。

　　新年來臨的時候，珍妮佛和我之間的師生關係也煙消雲散，我必須回學校上課，她在餐廳裡的工作也逐漸繁重起來，因為老闆開了分店，把這裡的業務完全交給她處理。我們在分手的時候，彼此都知道沒有什麼好傷心的，我們曾經在一起度過美好歡悅的兩個月，現在我們即將踏上各自的人生路程，雖然只有回憶能夠珍惜，卻也是我們面對未來的最好動力。我們沒有保持聯絡，在這十年以來，我也很少想起過她。偶爾我會夢見她鮮紅色的胸罩和內褲，背景則是暗金色的。她達到高潮的嘆息聲有時候會在我腦中浮現。

　　在珍妮佛之後，我曾經和幾個女人發生過關係，就像前面提到的，我在上班的時候經常可以碰到對我有興趣的女人，只要我願意給她們機會，要和她們上床是很容易的。可是我很少這麼做，因為我從來沒有再遇見過像珍妮佛一樣直接坦誠的女人，也從來沒有機會能向這些女人完全地開放我自己。那些有機會和我做愛的女人希望我能全心全意地向她們效忠，把她們的喜怒哀樂當作我生命的全部和永遠，她們不能也不想了解我的想法和看法，更不明白我為什麼在和她們上床之後還能輕易地起身離去。

「難道你不愛我嗎？」有一個女人曾經這樣憤怒地指責我。「如果你不愛我，為什麼要和我做愛？如果你真的愛我，又為什麼要離開我？」

我必須承認自己無法了解她的絕望，也無法給她更多的希望。我試著向她解釋，性交和愛情是完全不同的兩件事，她和我當初決定上床，為的是滿足雙方肉體上的慾望，而不是因為她愛我或我愛她，我更不想因為一次做愛的經驗就完全失去自我，就此放棄我自己的世界而把她的世界當作唯一。我們是兩個獨立而成熟的個體，為什麼要在一次性交之後放棄自己而成為彼此的一部份。擁有自己的人生，做自己想做的事，不是很好嗎？每個人都只能活一次，為什麼要逼迫自己、也逼迫對方去接受這些世俗規定的責任和義務？

她不認同我的看法。她們全都不認同我的看法，而這也是我可以理解和尊重的。我不想再讓任何女人傷心，因此我選擇不再和任何女人親近，雖然她們經常對我投懷送抱，雖然我也會有肉體上的需要，但是如果我不和她們做愛，就不會給她們帶來痛苦。我有很多女性朋友，她們都以為我對女人沒有興趣，因此能放心地和我相處。她們能和我躺在同一張床上，蜷曲在我的懷裡，掏心挖肺地向我傾訴她們的夢想和苦惱，乃至於和其他男人的性交經驗和糾紛，她們從來不擔心我會感到厭煩、無趣，或是受不了她們肉體的誘惑。她們只是盡情地享受我全心全意提供給她們的溫暖和關懷，偶爾也會好奇於我對女人的心事怎麼能夠如此了解。她們以為我的沈默寡言只是體貼，把我的與世隔絕當作率性。她們猜想我不需要愛，因此願意慷慨地把她們多餘的愛和我分享，而我也盡力回報。

現在這個工作機會找上門來，我是否應該接受？我知道自己絕對能勝任這份工作，甚至是任何人所能找到的最佳人選，可是我真的想為更多的女人付出嗎？難道我真的願意把自己所知道的一切傳授給她們，讓她們回家去快快樂樂地享受婚姻生活，每日每夜因為性慾的滿足而容光煥發，讓她們對人生不再有任何奢求，只是心甘情願地做一個完美的人妻，永遠是床第之間和男人心目中的性感女神？

　　有何不可？在這個世界上，並不是所有男人都可以幸運地找到他們心目中的女神，願意為她犧牲奉獻，死也不悔。這一點，我確實是很了解。如果我能做好這份工作，訓練出一批傑出的人妻，造就一些美滿而持久的婚姻，那麼我對世界也算是有一份貢獻吧？如果這些女人能從我這裡領悟到在滿足自我性慾之餘也能取悅男人的訣竅，那麼愛神所能做到的也不過如此。

　　做了這個決定之後，我繼續過著每天朝九晚五的生活，只是在下班之後直接回到家裡，把租來的一些色情小說和影碟反反覆覆地研究著，為十月一日的工作面試做準備。我想要了解的不是這些文字和影像如何強調各種性交姿勢和程序的細節，突顯人性中的獸慾和虐待的快感，專注於男男女女在持續的高潮中扭曲變形的臉孔，以及他們怪異的呻吟和嘶吼。我對這一切沒有興趣，因為我知道它們都是虛假的表面工夫，就算那些男女主角們曾經有過千百次的性交經驗，他們還是沒有辦法了解性愛的真諦。

　　我想要了解的是女人為什麼需要性交，對於自我性慾的產生有什麼看法，她們如何在性交過程中對自己和男人的肉體做更進一步的了解，在達到高潮之後又如何適應從天堂返回人間的失落。這份失落是人類之所以願意永遠努力往前進的最大動力。我們每個人都在尋找一個屬於自我的天堂，然而正因為我們必須一次又一次地離開天堂，我們永遠感到飢渴。

　　我知道自己在這些色情小說和影碟中不可能找到滿意的答案。也許我只是想把自己變得普通一點，世俗化一點，將來在和那些人妻相處的時候才能言之有物，不至於和她們心目中引以為常的男人形象有太大的偏差。我不認為這份工作可以給我任何滿足感，也許我只是太習慣於付出，從來不奢求回報。女人對我的信任感不能讓我感到充實圓滿，她們的仰慕和分享更不能填補我心靈的空虛。我肯定地以為，這份工作只會是另一個讓我對女人的肉體和心靈進行深度了解的途徑而已。

　　十月的雪梨正是初春，我在下午三點整站在皇家飯店六百二十六號房門前的時候，還可以感覺到燦爛溫暖的陽光在我身上的餘溫。我順了順被風吹得有些凌亂的頭髮，把身上的襯衫拉挺，確定褲腳沒有卡在襪子裡，再把舌頭在嘴裡轉上幾圈，檢查牙縫裡有沒有殘留中午那個火腿沙拉三明治的殘渣。然後我深吸了一口氣，舉起手來在門上敲了兩下。這厚重的金屬門和空無一人的走廊竟然讓我感覺有些緊張。在其他那些整齊排列的房門後面，是不是也有人像我一樣，正準備迎接下一個嶄新的人生階段？

門開了，那個我在酒吧裡遇到的亞洲女人站在那裡對我微笑著。她看起來一點都沒有變，頭髮依然挽成一個髻，身上穿了一件桃紅色的長袖洋裝，低跟的皮鞋，還是沒有穿絲襪。也許是因為這次場合不同，也許是她主動上揚的唇角，她看起來不像那晚在酒吧時的優雅高貴，反而給我一種親切感。「你來了。」她簡短地說。

「妳以為我不會來嗎？」我忍不住問她。「如果我沒有來，妳會怎麼做？在這裡繼續等其他人來面試嗎？」

她的笑意加深了，幾乎到了醉人的地步。「沒有其他人會來，因為我從頭到尾要面試的就只有你。我知道你一定會來的。我沒有看錯人。」

我走進房裡，聽見身後的她輕輕地把房門關上，再加上了門鏈。這個房間的陳設佈置和一般的飯店房間沒有什麼不同，一張寬大的雙人床靠牆放著，兩旁各有一個擺了小檯燈的床頭櫃，我知道自己如果把抽屜打開，裡面一定會有一本聖經。厚重的窗簾已經拉上，窗邊是一張圓形餐桌和兩張沒有扶手的高背餐椅，襯著牆上的一面大鏡子。再過來則是一排櫥櫃，上面放著一台電視和簡單的水壺、咖啡杯、糖包和小餅乾等雜物，下面則是一個小冰箱。轉角是鏡面的大衣櫥，走廊的另一端則是廁所和浴室。

我注意到餐桌上放了一個文件夾和一隻筆，文件夾有些厚度，不知道裡面有些什麼東西。我轉過身來看著那個亞洲女人，她微笑著向我伸出手，我記得她細嫩的膚質和修長潔白的手臂。「我的名字是莉雅。」她簡單地說。我輕輕地握住她的手，也報上了自己的名字。

　　她臉上的微笑始終沒有減退，語調也是平靜而舒緩的。「我希望你不介意在這裡進行面試。這個房間的設備很齊全，也很安靜，我已經交代了服務生，所以不會有人來打擾。」她放開我的手，走到櫥櫃旁把水壺的電源開上。「請坐吧。我想喝杯咖啡，你也來一杯嗎？加不加糖和牛奶？」她優雅的動作讓我覺得喝咖啡是世界上最值得享受的事情。

　　我坐在靠窗的高背餐椅上，逐漸感到寧靜安詳起來。莉雅似乎有一種神祕的天賦，能讓她身邊的人不由自主地放鬆精神，自然而愉悅地和她交談。我覺得自己沒有什麼好緊張的，不管她在面試過程中問我什麼稀奇古怪的問題，我都可以自信而坦誠地回答。無論她對我的能力究竟有多少信心，我知道自己不會讓她失望。

　　「我想先簡單地介紹一下自己，然後再來討論這個工作的細節。在那之後，如果你願意的話，我們可以安排你做一個小測驗，試一下你的能力。這樣好嗎？」莉雅喝了一口咖啡，鎮靜地望著我，她那銳利的眼光又出現了，但是這一次我並沒有被檢驗的感覺，只覺得自己很喜歡她的坦白。

　　「我猜想，你已經知道我一定會雇用你。我看人的眼光一向很準，這是我二十年來因為工作而培養出來的專業能力。」她看了我一眼，好像在邀請我問她從事的是什麼行業，我搖搖頭，選擇不說話而只做個最專注的聽眾，她微微地點了點頭，然後繼續說下去。「我是在 1982 年來雪梨的，那時候中國剛開放，有能力來澳洲唸書的中國人不多。我原本打算念金融管理，但是在大學裡念了一年書之後，我因為錢用完了而不得不休學。宿舍裡有個女同學介紹我到市區的一家酒吧當招待，三個月之後，我發現和客人上床能賺到更多的錢，就這樣改行了。」

# 第四章

　　我臉上的表情沒有變化，因為我多少也猜想到她有這樣的背景。她在我的眼神中看不到任何批評或貶抑，我在她的目光裡也看到了她對我的反應一點也不感到驚訝。我感覺到她不是一個在乎俗見的人，這並不是因為她已經習慣了別人的指指點點，或是發展出良好的抵抗力，而是因為她覺得用自己的標準去衡量別人是一件沒有意義的事，因此對別人有意或無心的擅自衡量也能夠予以超脫。

　　「我曾經是雪梨最有名、身價也最高的妓女，找我的客人很多，所以我的生活過得相當好。到了 1992 年之後，從中國來的學生大量增加，其中有不少願意和本地人上床的年輕女人，價格也壓得特別低。我的客戶雖然變少了，他們肯出的價錢卻越來越高，因為我能提供的服務是一般女人所做不到的，我對男人的了解也比她們多。」她的聲音裡沒有驕傲的意味，只有一種歷經滄桑的深沈和平靜。我看得出來，她對自己的生活選擇從來沒有後悔過。我可以了解這種執著，因為我自己的個性也是這樣。

　　「我做了二十年的妓女，存了很大的一筆錢。2002 年，有一個一直對我很好的男人要求我嫁給他，他不在乎我曾經和上萬個男人睡過，他說他只想和我在一起，每天陪我喝咖啡，聽音樂，逛藝廊，讀藝術和文學方面的書。我一直想把自己在澳洲這許多年以來的生活寫成一本書，他也很鼓勵我。他說我是他的女神。」她的臉上出現一絲紅暈，我發現自己竟然有些嫉妒這個男人。我也不在乎莉雅曾經和上萬個男人睡過。她天生是那種男人想要佔有的典型，在外表和心靈上都是如此。

　　「我們的確結婚了，我也過了兩年多幸福的人妻生活。可是在第三年的一個晚上，他幫我去一場音樂會訂票的時候在街上被一輛車撞倒，當場死亡。開車的是一個剛抵達澳洲不久的中國留學生，當時正要去市區找妓女。」她的臉色逐漸蒼白起來，眼中也出現了淚水。「你知道，我們中國人有一種因果報應的觀念，你種的是什麼因，未來收成的就會是什麼果。我從來不以自己妓女的身份為恥，因為我覺得我是在堂堂正正地用自己的技能換取報酬。每一個和我做愛的男人對我都很好，我對他們也是誠心誠意的。我從來不為錢上床，那些男人也知道我不是用錢就能買到的。可是就算我對自己再怎麼有自信，我總是會想到我的丈夫是為了讓我的生活過得更好而死去的。也許我是他命中的煞星。」

我握住她的手，試圖給她一些安慰，卻不知道應該說什麼。我自己的生命中從來沒有一個可以親蜜奉獻的人，因此無法完全了解她的怨怒和悲傷。儘管如此，同樣身為人類的同情心讓我可以想像那種痛楚，好不容易找到了一個能夠全心全意坦誠以待的人，卻因為生命中某種無奈的巧合而再度失去。也許這正是我不願意和別人太過親近的真正原因，不是我害怕讓別人傷心，而是我自己恐懼於那種失去一切的疼痛。

想到這裡，我愣住了，握著她的手一動也不動，連她的悲傷也顧不得了。莉雅似乎能察覺到我的心情轉變，把她的手抽出來，覆蓋在我的手上。「你也有一些令人難過的回憶，是不是？我不知道你的過去，只能以過來人的身份勸你，不要想太多，不要因為曾經失去而害怕擁有。不要輕易改變你現在正在走的路，因為你生命中雖然有很多條路可以選擇，你卻終究只能走上一條路，所以走上了就不要後悔，好好地過生活才是值得的。能讓你自己快樂，就是讓別人幸福。」

她銳利的眼光直直地看進我的內心，我已經很多年沒有這種完全把自己開放給別人的感覺了，好像和老朋友重聚一樣，心裡溫暖而舒暢。我翻轉手掌，和她的五指交握，給了她一個真誠的微笑。她沈默了幾分鐘，確定我的心情已經完全平復，才繼續說下去。

「我自己的故事很簡單也很平凡，別人的故事卻可以更精彩，不管是已知還是未知。在我丈夫的葬禮之後，我很少出門，只是在家裡看書寫作。我本來以為自己的生活會這樣一直平靜下去，沒想到在 2006 年的冬天，我以前的一個客戶突然來看我，要我幫他一個忙。」

「你知道，這幾年以來，從中國來到澳洲的人越來越多，大部份都是來念書的，但是也有很多想盡辦法也要留在這裡的人。我不知道這些人為什麼一定要留在澳洲，也許他們覺得這裡的環境比較開放，行為和觀念上都比較自由，也許他們覺得在這裡賺錢很容易，每個月都可以把薪水寄回去撫養家人。」莉雅平淡地說著，我在她的聲音和表情中察覺不到任何批評的意味。我的公平的莉雅，不輕易判斷他人也不隨便判斷自己。「無論是什麼原因，也不知道透過什麼管道，我這位客戶接觸到許多年輕的中國女人，希望透過和本地人結婚的方式而獲得澳洲的居留權。她們倒不是想要假結婚，拿到居留權之後就和同床異夢的丈夫們分手了事。雖然她們的確是用自己處女的身份來換取一張結婚證書和澳洲的居留權，但是這些女人確實是想盡好妻子的本份，努力地維持婚姻，才能一輩子幸福地留在這裡。」

「這正是我需要你幫忙的地方。」莉雅坦白地看著我，臉上再度出現一絲紅暈。「我可以示範給她們看，身為人妻應該如何妥當地言行應對，我也可以請人教她們聽說英文，甚至學習烹飪打掃，但是我需要一個男人來教她們在床上應該如何取悅男人，用各種美妙的姿勢和程序滿足她們的丈夫，也滿足她們自己。我尤其需要一個本地人來教她們關於澳洲男人的一切，他們喜歡什麼樣的女人，在床上希望怎麼樣被對待，有什麼特別的習慣或嗜好，性交的時候經常用什麼技巧。」

我可以理解她的話，但是我不知道她為什麼不能把自己二十年以來和男人相處的經驗傳授給他們。她豐富的性知識應該可以讓她成為這些年輕女人們最好的導師，雖然她們一輩子也學不到她的那份優雅自信，連模仿都不可能，但是在性交的姿勢、程序，乃至於一般澳洲男人的習性和喜好方面，我相信她一定有相當深入的了解。

她再度猜到了我的想法，也察覺到我的思緒裡純粹只有疑問，沒有對她或其他人的任何譏諷嘲弄。「你知道，我可以在言語上教導她們，在行動上卻不能代替任何一個男人。男人的身體和心靈都是獨特的，雖然我在過去二十年來確實在這方面有一些了解，我卻不認為自己可以稱得上是這方面的專家。」她的嘴角又上揚了，我感覺體內的那股力量在那裡蠢蠢欲動。「就像你，我雖然自以為很了解你，卻也知道你一定會有讓我驚訝的能力和才幹。」

我笑了，緊緊地握著她的手，她也溫柔地回握。這片刻的寧靜是相當吸引人的，我再度感覺到心中的那份嫉妒。我可以為莉雅付出一切，甚至考慮婚姻，但是我知道，像她這樣的一位女神永遠不會屬於我。她永遠也不會屬於任何男人，因為她實在太完美。

「我第一次在那間酒吧裡看到你的時候，你一個人坐在那裡喝酒，看起來好寂寞。可是我同時感覺到，你是一個很有主見的人，你選擇孤獨，而不是被迫孤獨。我知道你生命中一定發生過什麼事，讓你決定和別人保持距離。可是你是敏感而有禮貌的，我們那次短暫的交談讓我確定了這一點。」她一定是在想我站起身來為她拿椅子的那一刻，她也從我的表情中察覺到我知道她在想些什麼。「不只是你把椅子放在我身後的那種溫柔輕巧的動作，而是你看我的眼光，那麼坦白而誠實，讓我想到我自己。我知道，我們一定可以合作得很好的。」

我終於開口了，在這麼久的沈默之後，聲音有些沙啞。「妳知道妳轉身離開酒吧的那一刻，我有多麼希望妳能回頭看看我嗎？」我覺得自己的臉也紅了，心情好像又回到二十歲那年一樣。在她面前，我確實是什麼也隱藏不住，也不想隱藏。

她臉上的笑意加深了。「我知道。」她的笑容給我一種極為溫暖的感覺。她的手依然和我的手交握著，只是朝桌面輕輕地點了點頭。「這份工作的細節都在這個文件夾裡，我不想在這裡解釋太多。我只想讓你知道，我很感激你願意接下這份工作。我知道你能教給這些女人的不只是性交的姿勢和程序。你可以讓她們滿足，教她們如何培養自信心，用你的行動證明給她們看，她們每一個人都可以成為一個完美的人妻。和她們結婚的那些男人必然會愛上她們，然而最重要的是，她們必須先知道應該如何愛自己。」

我也點點頭，心中逐漸感覺到這份工作的重大意義和它在我心中營造的使命感。我不是一個逃避責任的人，生命中一旦有了挑戰，我便會全力以赴。這是我對自己的承諾，也是對莉雅的承諾。

我們放開了手，彼此都知道不必再說些什麼。我心中有些悵惘，知道這次面試已經結束了。我確實已經進入生命中的一個嶄新階段，但是這個轉換的時刻雖然美好，卻太過短暫。我不知道什麼時候可以再見到莉雅。我只知道自己永遠也不可能忘記她。

　　還有誰能像莉雅一樣了解我呢？她突然笑了，輕巧地站起身。「這個房間一直到明天早上十點都是屬於我們的。你還想做我們的那個小測驗嗎？」

# 第五章

　　我們把房間裡的每一盞燈都打開，讓充足的燈光助燃我們對彼此的慾望。我們面對面站在餐桌旁，深深地望進彼此的眼裡，我看見她毫不隱瞞的熱情，也知道她能感受到我的熱情。我愛撫著她姣好的臉頰，心中突然感到恐慌。像她這樣美好而充滿經驗的女人，我應該怎麼做，才能給她至高無上的快感？我像是一株生長在參天古木旁的小草，毫不起眼，一點傲人的重量也沒有，而她那樣崇高，那樣神祕誘人，又是那樣地深不可測，我如何能夠在肉體上讓她滿足，在心靈上讓她快樂？

　　她握住我撫弄她臉頰的手，把它移到她充滿彈性的乳房上，我可以感受到她的心跳，那樣平靜而充滿期待。於是我知道莉雅又一次猜中了我的心思，她事前不是已經告訴我了嗎？每個男人的肉體和心靈都是獨特的，我不必和其他人比較，因為對她而言，我絕對是獨一無二的。無論我的表現是好是壞，我知道她只會盡情享受我所能給她的愉悅，而不會對我有所批判。我知道她只會全心全意地接納我，體驗我，一如我對她一樣。

　　我撫摸著她的乳房，它們有些下垂，卻依然渾圓誘人。她的長袖洋裝是在前面有一排鈕扣的那種，我幾乎是虔誠地解開它們，同時欣賞著她的美貌，她那深邃的雙眼，濃密的睫毛，挺直的鼻樑，誘惑的雙唇，纖巧的下巴。我把她的洋裝慢慢拉開，退下雙肩，讓它滑落在地毯上，她的胸罩和內褲都是黑色的，式樣十分簡單，用的布料卻很少，使她的乳房看起來格外豐滿，腰部特別纖細，臀部到大腿之間的肌肉也是結實而修長的。我抬起手來解開她腦後的髮髻，她光亮的一頭黑髮便像瀑布般傾瀉到她的腰際。

　　我除下自己的衣服，之後才解開她的胸罩，只留下她的內褲。她抬頭望著我，卻不問為什麼，只是安靜地聽我擺佈。我捧著她的臉，仔細而溫柔地吻她，感覺她閉上眼睛享受我的雙唇，讓我吸吮她的美好。我的舌頭伸進她的嘴裡，和她的舌頭交纏，她的舌尖彷彿有電流傳來，加速了我體內血液的運行。她把雙臂舉起來環繞著我的肩膀，慢慢滑到我的頸旁，把我的頭髮纏繞在她手指上。她整個人貼向我，讓我把她抱在懷裡。

　　我把她放在餐桌邊緣，讓她的上半身平躺在那個文件夾上，她的長髮從餐桌的另一側垂下，燈光照在她赤裸而微微顫動的乳房上，她平坦無瑕的小腹，還有那簡單的內褲所不能完全掩蓋的黑色而纖細的陰毛。她的臀部下圍緊貼餐桌邊緣，雙腿卻能挺直地分開，腳尖踏在地毯上，於是我明白了她為什麼比一般女人在肉體上更能讓男人陶醉，她的身體特別柔軟，看起來弱不禁風，其中卻有一股韌性，不是輕易就能征服、滿足的。當她把雙腿那樣毫不保留地在一個男人面前分開的時候，給他的感覺不是徹底的投降，而是一種挑逗，一種挑戰。那樣簡單而直接的一個姿勢可以讓最有紀律的男人瘋狂，願意讓自己沈沒在她那神祕的三角地帶。

　　可是我沒有直接進入那個地帶。我把她的內褲退到膝蓋，然後跨了進去，讓自己被她的陰部、雙腿和此時已經繃緊的內褲環繞。我彎下腰盡情欣賞她完美的乳房，用舌頭輕輕舔著她堅挺的乳尖，一圈又一圈地繞著，卻不碰到她的上半身。她的雙手平貼著桌面，上半身卻不由自主地挺了起來，渴望我進一步的動作。我依然和她的肌膚保持著距離，只是一下又一下地用舌尖輕輕舔著她，有時候短暫，有時候也稍作停留，她的乳房顫動著，好像觸了電一樣。我逐漸移向她的雙乳之間，在那裡游移許久，再慢慢移向她的小腹，直到她的陰毛邊緣。我輕輕地對她的陰毛吹氣，她把整個上半身拱成弧形，雙手卻依然平貼在桌面上。

　　我愛撫著她結實的大腿，輕輕吻著它們的內側。她的陰唇是誘人而閃亮的粉紅色，我用手指把它們撥開，直接用舌頭去品嚐她的陰蒂，探索四周的每一道縐褶，深入那個位於中央的凹陷地帶。隨著她呼吸的節奏逐漸加快，我舌尖的運動也越來越有力而隨機，她完全不知道我下一步打算做什麼，陰道內部卻逐漸溼潤起來。

　　我站起身，一隻手握住自己挺直壯大的陰莖，在她的陰唇上摩擦，另一隻手則回到她的乳房上，找到了渾圓堅實的乳頭，輕輕地旋轉、擠壓著。她的雙腿又張開了，我這時才把她的內褲脫下，她似乎想用自由高舉的雙腿環繞著我的腰，說服我立刻把陰莖推送進她的陰道，可是我還不準備這樣做。我再度彎腰，一隻手撫摸她弧度美好的喉嚨和肩膀，一面用牙齒輕輕地咬著她的乳頭，另一隻手同時把陰莖放開，改用整個手掌緩慢地撫摸著她的陰唇內外，我的手指在她的陰蒂四週繞著圈，愛撫著每個縐褶和起伏，然後把食指和中指合併，慢慢插進她的陰道裡，她的肌肉溼潤而結實，緊緊地包圍住我的手指。我抽送著手指，感覺到她的喉頭顫動著，嘴裡也發出了一些模糊的聲音。她環繞在我腰部的雙腿的力道也加強了。

我知道她已經準備好了，這才把手指抽出來，握住我的陰莖向她的陰道緩慢插了進去，直到盡頭。她發出一聲嘆息，在餐桌上用手肘把上半身撐起來看著我，她的長髮垂在身後的桌面上，襯著她的臉色紅潤而充滿誘惑性，她的眼神挑逗著我，嘴唇微微地張開，她的乳房抖動著。我讓她坐在餐桌邊緣，把我們兩人的姿勢調整一下，讓她能緊貼著我，充份感受我在她體內的動作和力道。我慢慢地抽送，每一次都把陰莖拉出到幾乎完全脫離她的陰道的地步，再一次整個插進去，這個反覆的動作讓她興奮地把頭往後仰，眼睛陶醉地閉上，雙臂緊緊地抱住我，忍不住開始低聲呻吟起來。我親吻著她的肩膀、喉嚨、下巴和嘴唇，牙齒輕輕地咬著她的耳垂，呼吸著她耳後不知道是什麼香水的清香。我可以感覺到自己體內的那股力量慢慢變得兇猛，逐漸接近爆發的程度。

我不想這麼快和她一起抵達天堂。我慢慢地把陰莖從她的陰道裡拉出來，把她抱下桌，她像一隻無尾熊一樣溫馴地貼在我身上，雙腿環著我的腰部。我讓她站在一張高背餐椅後面，俯身把臉頰貼在椅背上端，用雙手握住椅背，她光潔柔潤的背部和臀部便完全呈現在我眼前，她的一頭黑髮懸盪著，乳房若隱若現，我忍不住從她身後抱住她，雙手揉搓著她的乳房，我的陰莖夾在她的雙腿之間，她溫柔地撫摸著它。她挺直上半身，把頭倚在我的肩膀上，雙手高舉著向後撫摸著我的頭髮，我一隻手揉捏著她的乳頭，另一隻手則緩慢地移到她的小腹，再度開始愛撫她的陰唇和陰蒂，她把雙腿分開，整個人好像快要站不住的樣子，她的臀部上上下下地摩擦著我的陰莖。

我把她纏在我頭髮裡的雙手拉下來，讓它們握著椅背，然後我讓她俯身向前，扶住她的臀部，從她身後把陰莖插入她的陰道。她的呻吟聲隨著我一次又一次的抽送而逐漸升高，她的長髮擺盪著，我俯身把雙手覆蓋在她抖動的乳房上，把陰莖抽送得更快也更有力了。

正當我感覺她快要達到高潮的時候，我突然停止動作，把陰莖慢慢從她的陰道拉了出來，她忍不住又發出嘆息的聲音。我讓她站直身體，把她轉過身來，捧著她的臉吻她，她的眼神是無比飢渴的。我們兩人都知道，因為我實在太想要她，太想讓她滿足，所以我反覆地挑逗她，讓她對我的慾念因為一次又一次地受挫而更加高昂，就算我此時立刻停止和她做愛，她也會在那張大床上讓自己在我面前達到高潮。那確實是值得想像的一個畫面。我感覺自己體內的力量已經增強到幾乎無法控制的地步。

我在高背餐椅上坐了下來，讓她騎在我的小腹上，我的陰莖順利地滑入她的陰道，她緊緊抱著我，深深地看進我的眼中，她的神情幾乎是純潔而神聖的。我親吻著她的喉嚨，她的雙腳踏在地毯上，雙腿上下移動著臀部，控制著我的陰莖在她體內抽送的速度和深度，這次的高潮將會由她主導，因為她是我的女神，我願意為她獻出一切，只要她願意要我。她把頭往後仰，臀部上下移動的速度也加快了，我配合著她的動作而抽送著，雙手抱著她的腰，整個臉埋在她的雙乳之間。她突然減緩了速度，整個人往後拱成弧形，隨著臀部最後一次的抽動而達到了高潮，她長長的驚嘆是我唯一能夠聽見的聲音，因為我自己的宇宙在那一刻也無聲地爆炸了，整個人好像碎裂成千萬片，只有她和我的兩個靈魂結合在一起。

我們緊緊相擁，好像過了一個世紀那麼久。然後我把她抱起來，她的雙腿依然纏繞在我的腰間，她的頭靠在我的肩上，就這樣走進浴室。我抱著她走進淋浴隔間，把冷水和熱水的龍頭打開，確定水溫合適了才把她放下來，她的長髮濕透了，像靈蛇一樣貼在她的臉上、肩上、乳房上，充滿了原始性的誘惑。我在她全身上下抹滿香皂泡沫，盡情愛撫著她的每一寸肌膚，揉搓著她的乳尖、小腹、陰部和大腿內側，她美好的身體柔軟地貼著我，任我擺佈。我捧著她的臉深深地吻她，水珠濺在她仰起的臉上，襯得她微微張開的嘴唇更加豐滿動人。我感到自己又開始興奮起來。

　　她接過香皂，在我身上抹起泡沫。她的手指穿梭在我的胸毛之間，逗弄著我的乳頭，逐漸往下移到小腹，然後用整個手掌在那裡用繞圈的動作撫摸著，圈子越來越大，有意無意地碰觸我已經豎立起來的陰莖，我不禁發出呻吟聲。她把我的雙手高舉起來像投降一樣交叉放在腦後，雙腿則像被搜身一樣分開，我站在那裡讓溫熱的水流遍全身，可是她的嘴唇更熱，親吻著我的胸膛和小腹，導引著我體內的那股熱流。她跪了下來，從我身上流下的水濺在她的臉上，她握住我的陰莖，用手指擠壓著我飽漲的龜頭，再用手掌環住整個陰莖推送著，我注意到我的尺寸正好適合她的握度。她有技巧的舌頭輕輕地舔著我的龜頭，我開始顫抖，控制不住那種觸電的感覺。她把我的陰莖含在嘴裡，緊緊地包圍著我，慢慢地前後移動、抽縮著、擠壓著，我幾乎站不住腳，那種完全投降的感覺竟然如此美妙，一次又一次地把我推送到天堂邊緣。她把我的陰莖放開，在她的臉上輕輕地磨擦著，像我之前挑逗她那樣故意刺激著我的慾望，我想把手放下來愛撫她的臉和頭髮，但是她又把它們放回我的腦後，我頂天立地的姿勢只是對她的徹底崇拜，她知道我全身最敏感的一點在哪裡，用舌頭盡情品嚐著它，我完全沒有辦法抵禦，也不想抵禦。我像是一隻完全陷身在她的柔情絲網裡的昆蟲，掙扎也無濟於事，只是心甘情願地等待她的出擊。她察覺了我的迫不急待，更加嫵媚地逗弄著我，她直起身，把我粗壯的陰莖夾在她豐滿的雙乳之間，她的手指一面揉捏著自己的乳頭，一面擠壓著自己的乳房，輕輕地拉扯著我的龜頭，我在視覺和觸覺方面雙雙被推送到極限，差一點就達到高潮。

　　我終於忍不住了，握住她的雙手，讓她站起來，往後靠著淋浴隔間鋪磁磚的牆壁。我把她抱起來，把她夾在我和牆壁之間，她的雙腿再度纏繞我的腰部，雙臂環在我肩上，我摸索地找到她陰道的入口，立刻把我堅硬壯大的陰莖插進去，她開始呻吟起來，滿足於我深入到盡頭的力量。我把她的雙手高舉起來放在她頭上，只靠自己的下半身支持著她，我狂野地把自己擠壓到她體內，一次又一次用力抽送，不再溫柔，只想徹底地擁有她，我的每次推送都讓她的身體不由自主地往上聳動著，她開始低喊我的名字，頭也向後仰，她的手緊緊地握成拳頭，卻因為我抓住她的手腕而無法移動，她的雙眼緊閉，她的乳房被我擠壓得變了形，她的兩條大腿懸空顫抖著，連腳趾也蜷曲起來。我用力抽送著，她的喊聲越來越高，我體內的那股力道也越來越強，然後我們同時達到高潮，她的嘶喊和我的低吼是宣洩的水聲所無法掩蓋的。她的指甲在我背上掐出血來。

# 第六章

　　第二天早上我離開皇家飯店的時候，不但沒有因為整夜歡暢的性愛而疲倦異常，反而十分振奮。莉雅和我約好，一個月後在同一個房間見面，她會把我的第一位女性客戶介紹給我，然後讓我自行展開為期三天的訓練課程。我手中的文件夾裡有關於這位客戶的所有資訊，我只要事前詳細閱讀，然後擬定適當的訓練內容和程序即可。莉雅把客戶介紹給我的時候，也會把三千元的現金先付給我作為薪資，訓練期間的三餐和宵夜也會由她安排好，我只要定時開門讓服務生把飲食送進房裡即可。毫無疑問地，這是一份條件優渥無比的工作，莉雅信任我的能力，我則信任她的安排。我知道她不會虧待我。

　　然而我喜歡這份工作的最主要原因，是它能讓我定期見到莉雅。我當然不能再有機會和她享受魚水之歡，但是只要我能和她在一起相處極短暫的時間，隔著一段距離看到她嫵媚的笑容，聽見她悅耳的聲音，想像她優雅的衣衫內那個充滿誘惑力的身體會因為我熱情的目光而微微顫抖，那就夠了。我們所擁有過的美好時光就是一切。

　　所以我再度回到自己的小房子裡，過著平凡無奇的生活，唯一不同的是，我的人生現在有了目標。我向老闆交出了辭職信，他搖了很久的頭，為失去我這個優秀員工而感到可惜。他請我晚上出去喝酒，到一間標榜雪梨最性感的脫衣女郎的夜總會去玩，我本來不想答應，但是看在他和我三年以來於公於私的良好關係上，還是去了。當一位全身赤裸、乳房上鑲嵌了鑽石的金髮女郎從舞台上跳下來挑逗我的時候，我的老闆一臉驚異地望著我，不能相信我這個一向沈默寡言的人怎麼能有這樣的豔遇。我向他聳聳肩，雙手一攤，做出一副我也莫名其妙的表情。他笑了，從皮夾裡掏出一張一百元的鈔票，幫我打發了那個像義大利麵條一樣全身抖動不停的脫衣女郎，又順手捏了一下她粉紅色的乳頭。她假裝痛得尖叫，媚笑著離開了。

「你今後有什麼打算？可不要告訴我，你明天就要結婚了，你上個月請假的那天和什麼妙齡少女上了床，把她的肚子搞大了，只好娶她。」老闆喝了一大口啤酒，在我肩上用力一拍，開懷地笑著。

「哎，你別胡亂編劇了，我哪裡會有這樣的好運！」我搖搖頭，不肯給他進一步的資訊，卻也不想對他說謊。

「好運？你的意思是壞運吧？天底下哪有男人會想結婚？」老闆哈哈大笑，又搖起頭來。「像我們這種有前途、有身價的單身漢，不該被女人耽誤，更不能被她們綁住。上床可以，想結婚卻免談。否則的話，我們一輩子都別想得到自由了。」

我看著面前的這個男人，不禁想起莉雅說的話，如果每個男人的身體和心靈都是獨特的，那麼我的老闆心中也會有一個絕對完美的女人，對她有著與眾不同的需求，看到她的時候也會緊張得結結巴巴，半夜夢見她的時候也只能自己手淫以解決肉體上對她的渴望。也許他還沒有領悟到自己的這個需要，也許他確實察覺到了，卻不肯對自己承認，更不能公開表達自己對她的好感，因為無論是男是女，大好的單身時光不能浪費，誰會心甘情願地被婚姻拘束呢？這是世俗的要求和影響，沒有人可以改變，也不想改變。然而即使是像我老闆這樣英俊強壯的男人，到了人生的某階段，必然也會變得禿頭凸肚，人老力衰。到了那時候，這個完美的女人可能早就已經消失了吧？他要如何才能找到一個願意和他作伴的女人？難道他就得一輩子寂寞孤單下去嗎？

答案當然是否定的。像我老闆這樣有存款、肯冒險的男人，未來在必要的時候總可以買一個女人來當妻子，就像我下個月即將開始訓練的那些中國女人一樣，年輕而單純，對前途充滿用錢就能實現的夢想，為了尋找一個物質上美滿的婚姻生活而願意飄洋過海，到澳洲來開創一個新世界，然後每日每夜祈禱這個願意花錢娶自己的男人能夠真心相待，甚至愛上她們。我想起小時候，在商店裡經常可以看到一個叫做「幸運掏摸」的遊戲，一個大紙箱裝滿了不知道裡面是什麼糖果或零食的小紙袋，每個小孩總是先付掉一塊兩塊的零用錢，然後伸手在紙箱裡掏摸，希望自己能幸運地抓到一個內容豐富而有趣的紙袋，可以享受好幾天，或是向朋友們炫耀。這些中國女人正在做的事，和這個遊戲又有什麼不同呢？也許只是紙袋的尺寸變大了，裡面裝的東西比較有價值，而她們所付出的代價也更多而已。

那麼，我在這個遊戲過程中又能扮演什麼樣的角色呢？我不是那個把糖果或零食裝進紙袋的人，也不是向顧客推銷這個自由在紙箱裡掏摸的遊戲的店員，更不是給孩子們零用錢、讓他們有機會到店裡去玩這個遊戲的任何長輩。誰的手上抓到什麼，只純粹是運氣。幸運的人也許能在紙袋裡發現一顆美味無比的軟糖，怎麼品嚐也不膩，運氣不好的人則可能拿到一片純粹只能拿來充飢的乾糧，吃起來枯燥無味，難以下嚥，丟掉卻又可惜。

這個理論，應該是針對男女雙方而言的吧？我看著舞台上繞著一根巨大的金屬柱子扭動身體的幾個脫衣女郎，她們像崇拜圖騰一樣跪在象徵男性陰莖的圓柱前面，伸出舌頭舔它，用豐滿的雙乳擠壓著它，蜷曲在地上高舉著雙腿纏繞著它，用自己的陰部去摩擦它。如果這些女人願意的話，她們有一天也會成為別人的妻子，她們也許能選擇自己想嫁給誰，但是之後的婚姻生活將會是美滿幸福還是枯燥無味，沒有人能預先知道。那些決定娶她們的男人同樣也會面對這種未知。一個嫵媚動人、狂野性感的女人可以在結婚之後變成怨氣沖天的家庭主婦，一個長相普通、害羞內向的女人可能很難讓男人動心，對婚姻生活卻可以徹底無私地奉獻，每日每夜用心經營家庭，在各方面成為男人最好的伴侶。誰有能力決定這一切選擇和事後對男女雙方的影響呢？莉雅提到過的因果觀念，誰是因，誰又是果？就算我能夠憑自己的能力訓練出一批完美的人妻，誰又會有興趣也有能力調教出幾個夠水準的人夫？能夠幸運地娶到一個好女人的男人，能夠保證自己成為一個好丈夫嗎？除了婚姻生活中的男女雙方之外，誰又能建立各種準則來衡量什麼是好妻子或好丈夫？還是像莉雅一樣，覺得衡量他人和自我是一件毫無意義的事？如果事實的確是如此，那麼我的這份工作又有什麼意義？

我的老闆當然不知道我在胡思亂想，他以為我專注地看著舞台上的各個脫衣女郎，臉上一副認真的表情，代表了我正在想像自己可以和哪一個美女做愛。他拍拍我的肩膀，喚回我的注意力，然後湊過臉來小聲問我：「看不出來你居然這麼用心啊？怎麼樣，要不要幫你找個女人上床？這家夜總會樓上有房間出租，只要多花一點錢，就可以隨便挑你喜歡的女人，要多少有多少。」其實他大可不必壓低聲量，我們四周充滿了性慾高漲的男人，對自己喜歡的脫衣女郎尖聲叫囂，手中揮舞著大把大把的鈔票，就算我們在他們耳邊大吼大叫，他們也聽不見，或是不想聽見。

我搖搖頭。「不必了，你還是把錢留著自己用吧！我再喝一杯，就得回家了。」我四處張望了好久才找到忙得不可開交的酒保，為老闆和我自己點了兩杯啤酒。這樣的生活，我確實是過得夠了。

「你今後打算做什麼呢？另外找個工作？出國去玩一陣子？交個女朋友？領養幾個小孩？」老闆知道實在留不住我，只好死心。他這個人什麼都好，就是有些太過實際，想像力不夠豐富。

我又搖搖頭。「我大概會休息一陣子吧，挑個大飯店住幾天，三餐和宵夜都叫客房服務，享受一下平常沒有機會享受的豪華生活。」我心裡知道這是實情。我還是不想對他說謊。

他緊緊握著我的手，另一隻手在我肩膀上重重地拍著。「好吧，你自己好自為之，自己保重。如果你將來還想回來工作，一定要通知我，我會鋪紅地毯歡迎你的。」

「謝謝你。你自己也保重。」我實在是很感激他的好意。

就這樣，我離開了那間夜總會，向我的老闆道別，也揮別了過去三十一年以來的單調生活。即將在我面前展開的人生絕對會是多采多姿而變幻莫測的，我不知道未來會發生什麼事，卻覺得自己已經做好了生理和心理的雙重準備。我有一個值得去奮鬥的目標，也有莉雅來陪伴、指導我，這是一份有意義而能夠助人的工作，我會全力以赴，至於有沒有任何回報，那就不是我所能斤斤計較的了，而我也確實不在乎。

晚上八點半的雪梨正是華燈初上、熱鬧非凡的時候，街道上充滿了尋歡作樂的男男女女，很多人可能還在談生意，也許還有一些精疲力竭而正想回家休息的上班族。無論如何，我所看到的許多面孔都是興奮而充滿期待的，我不知道他們的心裡正在想些什麼，更不知道自己此刻在他們眼中是一個什麼樣的人。他們知道我是一個箭在弦上、整裝待發的人妻教練嗎？他們會羨慕我，還是感到嫉妒？在這個現代化的國際都會裡，婚姻這種東西也許就和國界一樣不再有存在的必要。責任和義務，夢想與代價，究竟有什麼分別？

　　也許只有時間能提供答案。

# 第七章

十一月一日下午三點，我又站在皇家飯店六百二十六號房門口，身上穿的是一套我最喜歡的半休閒襯衫和牛仔褲，肩上掛著一個行李袋，裡面裝了三天的換洗衣物和一些其他的必要物品，手裡則拿著莉雅一個月以前給我的那個文件夾。我深呼吸了幾次，鎮定一下自己的心神，然後敲了門。

門開了，莉雅站在那裡對我微笑著，她依然是那麼優雅美麗，可是我從她的神情中可以看到一絲興奮與期待，幾分緊張，更有一種躍躍欲試的挑戰。我的莉雅一向善於閱讀我的思緒，她的神情充份反映出我內心七上八下的感覺。我想立刻把她擁入懷裡，放下她的長髮，吻遍她的全身，和她在床上盡情交歡一整夜，就像上次一樣。然而此刻這個房間的氣氛是有些正式而陌生的，我們輕輕地擁抱對方，我吻了她的臉頰，聞到她耳後的那股清香，她的手在我的臂上有力地一握，這就是我們之間僅有的私人交談了。然後她退開一步，邀請我進入房間，我便看到了那個站在窗邊的年輕中國女人。

她和莉雅差不多高，也有一頭長髮，只是梳成了兩條辮子。她的長相可以說是普通，眼睛睜得很大，神情十分緊張，身材則有些平直，穿了一件素色短袖洋裝，裙子長過膝蓋，給她一種蒼老的感覺，雖然我從莉雅給我的資料中得知她只有二十五歲。她的雙手緊緊交握在身前，指節都有些泛白了，腳上穿了一雙平底鞋，襯著白色短襪。整體而言，她似乎剛到澳洲不久，還不習慣我們本地人的悠閒步調。她看起來並不想在這裡停留任何一分鐘，可是為了某種承諾，某些處世的態度和原則，讓她倔強地決定要圓滿完成這份工作，無論其中牽涉到什麼無法想像而無比艱難的情節，都要盡力去克服。我立刻對她產生了一種尊敬感。無論她來澳洲的原因和經過如何，她不是一個喜歡做白日夢而輕易行事的女人。

　　我早已經把莉雅給我的資料背得滾瓜爛熟了，然而我讀的不只是單純的文字敘述，對於字裡行間沒有明說的背景也做了一些研究。這個中國女人的名字是陳珊，莉雅應她的要求，給她取了個英文名字叫蘇姍。她來澳洲以前，就在青島和年長她十五歲的澳洲牧場主人傑克結婚了，他們在新南威爾斯州中部有一所佔地四千英畝的牧場，主要經營羊毛和羊肉生產。我雖然對牧業生活不熟悉，卻也知道澳洲的牧場地大物稀，一切採取機械管理，平時人手有限，只有剪羊毛的季節才會有大批的工人來借住。這種牧場距離最近的商業市鎮往往有一個小時的車程，景氣好的時候一年可以收入上百萬，碰到水旱一類的連年天災時卻也可以損失慘重。

　　正是這種與世隔絕而貧富難料的生活，使許多如傑克一類的單身漢難以找到合適的伴侶。來自大都市的本地女人多半吃不了苦，傑克過去曾經娶過兩任太太，都在結婚後的一年內就吵著要分手，臨走的時候還要了一大筆贍養費，讓他苦不堪言，終於決定聽從朋友的勸告而娶個中國太太。他透過經紀人所開出的條件很簡單，凡是想要嫁給他而來澳洲生活的人，必須能夠吃苦耐勞，面對牧場生活的種種困境而不加抱怨，同時盡好做妻子在廚房和臥室裡的責任。只要這個女人願意好好地侍奉他，傑克願意擔保她在澳洲的生活無憂無慮，每個月可以寄錢回中國，將來還可以把家人移民到澳洲來。

　　傑克面試了兩百多個前來應徵的中國女人，終於決定和蘇姍結婚，主要是看上她在中國北方務農多年的背景。蘇姍幾乎不會說什麼英文，來澳洲兩個月了，兩人之間的溝通極為有限。然而傑克顯然不是因為要和她聊天而娶她的，在莉雅給我的資料中記錄了他對這個妻子的評語：「什麼都好，打掃和做菜尤其一流，在工人面前也極有分寸，只是床上表現不佳，不像女人。」資料中同時也有蘇姍給自己打的分數：「做管家，一百分，做妻子，零分。」這是莉雅的英文翻譯。

　　我記得自己在看完這份資料之後，曾經發呆了好半天。我想像這份資料是如何收集而來的，傑克好似在談生意一般，在炙熱陽光和漫天沙塵中扼要有力地說明了他的需求，一面揮手趕著擾人的蒼蠅，一面把一頭羔羊拉過來檢查脂肪層的厚度，是不是到了宰殺的階段，整批賣出去可以賺多少錢，扣掉食料和運費之後又能有多少利潤。蘇姍一個人在燥熱空蕩的房子裡洗碗擦地，準備中餐，在平底鍋裡煎著厚厚的羊排，一旁的鍋裡是水煮的胡蘿蔔和豌豆，烤箱裡是半熟的馬鈴薯塊，熱水壺裡盛的總是咖啡，羊排煎好之後還要立刻趁著鍋熱而準備沾醬。一日三餐忙完之後，夜晚鬱悶的臥室裡只有傑克長達數小時的征戰和蘇姍的默默臣服，他要求的是狂放和快感，她卻只能百依百順，滿心想取悅他而又不知道應該如何進行。

我想像傑克極為爽快地答應了讓妻子到雪梨來接受訓練的要求，這對他而言沒有損失，只不過三天沒有人為他煮飯洗衣而已，然而如果訓練成功，日後的回收就相當可觀了。蘇姍則在莉雅的勸說之下把自己的疑惑和惶恐用極細微的聲音說了出來，即便是在同為女人的情況之下，要敘述性事的挫折還是相當困難的，要讓一個陌生的男人來教自己如何做愛，更是無法想像的事情。澳洲這個國家，究竟還有多少艱鉅而又不得不面對的難關要去克服？她能夠成功地改變自己而順利討得丈夫的歡心嗎？

此刻的莉雅簡單地把蘇姍和我介紹給對方，我誠懇地伸出手，她遲疑了一下才伸出手來和我互握，她的皮膚感覺起來相當粗糙，手很大，看得出來是經常在操勞的。我簡短有力地握了一下她的手，就立刻放開了，整體的態度也是自在而莊重的，不想給她一種死皮賴臉的感覺。她彷彿可以感受到我的誠意，臉上緊張的神情略微緩和了一些。

莉雅向蘇姍說了幾句中文，後者點點頭，臉紅了，也低聲地回了一句我幾乎聽不見的話。然後莉雅轉過身來對我說：「好了，這一切就交給你了。三天之後的下午三點，我會來接她。」

「妳這麼快就要走了？」我趕緊問她，心裡十分捨不得她離開。

莉雅笑了，還是那樣令我心醉。「我現在不走，難道還要留下來當你這個教練的教練嗎？你自己一個人絕對沒有問題的。蘇姍是很好相處的一個人，你會喜歡她的。」

在莉雅面前，我是藏不住心事的。「我當然會喜歡她，我只是希望她也會喜歡我。」我緊張地說。

莉雅伸出手來輕輕拍了拍我的手臂。「我對你有信心。何況，不喜歡你的女人，這世界上大概找不出幾個吧！」她坦誠地看著我，眼中再度流露出那股熟悉的渴望，我知道她很想留下來，或是和我一起離開這裡，到一個沒有人知道的地方去盡情做愛，不管世事如何發展，只有我們兩人無休止的狂歡。然而我們已經走上這條路，做了這個選擇，就不能後悔，也沒有必要去給自己回頭的機會。只要我能做好這份工作，就是對她最好的回報，而我知道她能體會我的心意，這對我而言就是最寶貴的收穫了。

莉雅短暫地離開了我的世界。接下來這三天，我的世界裡只有蘇珊。她便是我的唯一。

我把房門關好，加上了門鍊，然後轉身面對房裡的蘇珊。她依然站在窗邊，只是臉上的表情又開始緊張起來，還有一種堅決，彷彿在她面前的是一項無比艱難的挑戰，而她不惜一切代價，寧死也要達成目標。她的雙手又開始在身前交握，好像要給自己支撐的力量。我想像那遙遠的中國究竟有多少親朋好友正在等她寄錢回家，又有多少人把移民澳洲的夢想寄託在她身上。她細瘦的肩膀上承擔了多少責任？她每天操勞家事的時候，心裡在想些什麼？每個晚上傑克在她身上耗盡了力氣，翻過身呼呼大睡，留下她沉默地躺在那裡，她在黑暗中的雙眼，究竟又看到了什麼？一個光明燦爛的未來，還是無窮無盡的寂寞和飢渴？

我走到餐桌旁，把先前放在桌上的行李袋和文件夾轉移到放電視的櫥櫃上，確定桌面乾淨整齊。蘇珊的行李只是一個素色的小皮包，被她畏畏縮縮地放在靠窗的牆角地上，被窗簾半掩著。莉雅顯然已經囑咐過她，這三天之中不需要什麼衣物。我提起窗簾，彎腰撿起她的皮包，確定她可以看見我的每一個動作，然後仔細地把皮包放在櫥櫃上的文件夾旁邊。我可以感受到她的目光緊盯在我身上，還有我們之間的那股無形壓力。

我轉身向她伸出雙手，手心朝上，表現出我的誠意。

她看了我好一會兒，臉上的表情十分複雜，充滿了懷疑和猜測，惶恐和好奇，更有一種自卑和自傲的混合，好像一個即將被什麼神秘教派犧牲的處女，在踏上祭壇時充份體會到自己的屈辱和渺小，卻也更堅定了盡一己之力讓神明歡喜以拯救蒼生的決心。

　　她伸出手來，不是為了和我交握，而是開始解洋裝的扣子。在那一瞬間，她臉上的表情變得僵硬而冷漠，似乎是在進行一件熟悉無比的例行公事，完全不需要付出任何感情和心力。她猛地轉身朝雙人床走去。

　　我輕輕握住她的一隻手腕，讓她轉過身來。她疑惑地看著我，另一隻手還在把洋裝的衣領拉開，露出了白色胸罩的蕾絲花邊。我握著她的手，帶她走到鏡子前面，讓她在那裡站著，又輕輕地把她的洋裝扣好，小心地不碰到她的胸部。然後我把厚重的窗簾拉上，開了鏡子上方的一盞燈，把黑暗之中唯一的光源集中在她身上，讓她可以完全清楚地看見自己。她緊張地站在那裡，眼睛張得好大，不知道我在玩什麼把戲。

　　我從上衣口袋裡掏出一把梳子，然後把她的辮子解開，慢慢梳著她長到背心的頭髮。她的髮質沒有莉雅的那樣細柔滑順，感覺起來十分粗糙，因為先前的結辮而充滿波紋，顯得蓬鬆起來。我仔細地梳順她的頭髮，讓它們服貼地披在她肩膀上，又把她兩頰旁邊的髮絲挪到耳後，她素淨的臉便整個展露在燈光下的鏡子裡。她顯然很少看見這種打扮的自己，臉上的表情半是羞澀，半是好奇。我把梳子放回口袋，單膝跪下，把她的鞋子和短襪除下，整整齊齊地放在牆邊。她有些猶豫地扶著我的肩膀，順從地聽我擺佈。

　　在這初步的接觸之後，鏡子前的這位赤足天使就完全是我的人了。

# 第八章

　　我站在蘇珊後面，雙手扶著她的肩膀，邀請她看著鏡中的自己。她的眼光在自己全身上下游移著，一次又一次把焦點集中在肩上披著的長髮，還有自己的臉如何在幾束散落在額前和頰旁的髮絲襯托之下顯得柔和而單純起來。我環過手臂，輕輕地抱住她，把臉靠在她的臉旁邊，凝視著她在鏡中的眼睛。她疑惑地回望鏡中的我，卻沒有掙脫我的擁抱，身體也是靜止而柔軟的。她伸出一隻手觸著我的手臂，眼光一直沒有離開我在鏡中的臉，我的凝視。沒有穿鞋的她，身高只到我的肩膀。

　　我開始解她的衣扣，同時繼續看著她在鏡中的雙眼，只要她的眼光露出任何一絲懷疑和懼怕，我便停手不動，直到她再度信任我而放鬆為止。她的洋裝是兩件式的，上衣解開之後便露出白色的胸罩，及膝的長裙裡面也是白色的內褲，兩者的式樣都很保守。我把她的衣服仔細地摺好，放在櫥櫃上她的皮包旁邊。她站在那裡一動也不動，只是看著鏡中的自己。

　　我站在她身後，把她的胸罩解開。她的乳房很小，有些下垂，暗色的乳暈襯托出粉紅色乳頭的嬌小玲瓏。我蹲下身來，她再度扶著我的肩膀，讓我把她的內褲脫下。她的臀部瘦削，腿部的肌肉結實，小腹也很平坦，顯然是操勞已久的結果。她在鏡中的眼光往下移，看著自己的陰毛，又伸手摸了一下，好像從來不知道這是自己身體的一部份似的。

　　我看著她慢慢發現自己其實是個女人，一個美麗的女人，她的身體自然而充滿優雅的線條，像一塊璞玉等著被開發、賞識，像春天的大地那樣原始。她看著鏡中的自己，眼光充滿驚異，這是她擁有了一輩子的身體，卻直到現在才真正用誠實的態度面對，並且接受。她早已經習慣把肉體當作工具，只要放在那裡讓別人使用，便能換取在她眼中頗為優渥的報酬。她一向以為自己的身體就像她在廚房裡切剁過不知道多少次的羊肉，只是攤在那裡任人宰割，是黑夜裡看不見的秘密，更是白天不願面對的痛苦和羞慚。如今她見識到這副身軀與生俱來的絕美和熱情，像新生的羔羊那樣歡喜地發現了自己行走跳蹦的能力，滿山遍野的綠地便都在她眼前展開，生命中首次有了自由的感受。

我站在她旁邊，讓她看著我鏡中的身體，然後慢慢把衣服脫下。她的眼光游移在我赤裸多毛的胸部和手臂上，隨即往下移到小腹，靜止在我懸垂冷靜的陰莖上。她似乎從來沒有認真、仔細地看過男人的身體，儘管我十分確定傑克曾經在她面前赤身露體過不知道多少次。她看著我鏡中的眼睛，臉上的表情是鎮定而坦誠的，似乎又有一種深沉的感激，彷彿是在向我道謝，讓她有機會清楚地看見女人和男人的身子應該是什麼模樣。

我們就這樣站在那裡，燈光下、鏡子裡的女人和男人，幾乎完全不了解彼此，卻又好像認識對方已經有幾百年。我再度站到她身後，伸出手來輕輕地撫摸著她的臉，她的脖子和肩膀，乳房四周美好的弧度，柔軟的乳頭。我的手掌貼著她的小腹，感受那裡的熱力，手指梳理著她的陰毛。她的視線隨著我的手在鏡中自己的身體上移動，試著把視覺印象和肉體感受結合起來。她把一隻手往後伸，摸著我的大腿，猶豫地往陰莖那裡移動。我往旁邊踏了一步，讓她可以在鏡中看見自己的手握住我的陰莖，她臉上因為我的堅硬壯大而顯出的驚異神態，還有她眼中的那股赤裸裸的渴望。

她似乎震驚於自己的大膽和熱情，臉上立刻露出畏縮的表情，眼中的光芒也暗淡了。她把手收了回去，兩隻手臂交抱在自己胸前，頭也低了下來，好像在向我道歉，請求我的諒解。她看了一眼鏡中的自己，似乎掙扎著想要相信這一切的真實性。她把眼光轉移到櫥櫃上，找尋自己的衣服。她不肯再看鏡中的我一眼。

的確，是回到現實的時候了。我扶著她的肩膀，輕輕地讓她轉身面對我，然後伸出手把她的下巴抬起來，凝視著她的眼睛。她被動地看著我，眼光中露出不知所措的痛苦。她一向只知道在黑暗中躺在那裡讓傑克為所欲為，承受他一而再、再而三的粗暴入侵，忍著不呻吟出聲，勉強自己不掙扎反抗。她不知道真正的女人在面對真正的男人時應該如何回應。她從來沒有機會想像做愛這件事其實可以有其他的方法或結果，更可以有其他的感覺。

我深深看入她的眼睛，請求她的信任，希望她能放心地把肉體和心靈交給我，給我一個機會讓她自由，和她一起飛翔，直到我們抵達天堂。我們彼此互望了許久，她眼中的惶恐逐漸減少，慢慢被一種信任感取代，這是對我這個陌生男人的信任，知道我不會傷害她，更不會嘲笑或輕視她。然而她還沒有建立起對於自己的信任，還不知道自己身為女人與生俱來的魅力，足以令男人瘋狂。

換句話說，她已經接受自己是個女人，此刻正在和一個男人親密相處的事實，卻還不知道這個事實會對我們兩人造成什麼深刻的影響，其後果和她以往所習慣的、和傑克之間的肉體交流又有什麼不同。她願意和我做愛，卻不了解我們之間的動作可以讓她產生如何不尋常的感受。她不知道性交一旦結合了充滿尊敬的付出，可以令人產生多大的愉悅。

這正是我要盡全力幫助她理解的。

我轉身讓她面對鏡子，鼓勵她看著鏡中赤裸的自己，然後我蹲下身來，輕輕地把她的雙腿分開到比肩還要寬一點的位置。我站在她身後，臉靠著她的臉，讓她可以清楚地看見鏡中的我，我臉上的表情，以及她自己臉上的表情。我溫柔地撫摸、親吻她的臉，她的耳垂，她的頸項，她把頭側向一邊，享受著我的溫存，眼睛卻還是看著鏡中的一男一女，似乎想仔細觀察每一個動作。

我慢慢撫摸著她的肩膀，她的乳房，用手指輕輕揉搓著她的乳頭，沿著乳暈繞著圈子，探索著乳溝。我讓自己的手掌往下滑，撫摸著她平坦的小腹，搔搔她的肚臍眼，看見鏡中的她露出一抹微笑，我也以笑容相報。然後我一隻手環住她的腰，另一隻手慢慢移到她的大腿內側，輕撫著她的陰毛，用手指探索她的陰唇。她深吸一口氣，眼睛也睜大了，兩隻手握住我環在她腰間的手臂，身體的其他部位卻保持靜止，好像在品味我的手指為她帶來的這種全新的感受。她看著鏡中的自己，表情極為專注。

我撫弄著她的陰唇，挑逗她的陰蒂，找到她深入的那一點，然後把食指和中指併攏，緩緩地插入她的陰道，又慢慢拉出。我的另一隻手移到她的胸部，揉捏著她的乳房，感覺她的乳頭慢慢尖挺起來，鏡中乳暈的顏色也更深了。她開始把頭往後仰，身體也變得柔軟起來，似乎有些站不住的模樣，然而她的大腿張得更開了，陰唇內部也變得濕潤起來，我知道她喜歡我的撫弄，卻一點也不著急，只想讓她充份享受這種肉體上的歡樂。我用牙齒輕輕咬著她的耳垂，她忍不住呻吟出聲。

我手指的動作緩慢而堅定，每次都完全深入她的陰道，再慢慢拉出來，用整個手掌磨擦著她的陰唇和陰蒂，她大腿內側光滑的肌膚，然後再回到她的陰道。她的身體開始顫抖，把我的手臂抓得更緊了，她仰著頭靠在我的身上，全身柔軟無力，眼睛半開半閉，卻依然看著鏡中的自己，她臉上掩不住的興奮和期待，無限的驚喜雀躍，還有我全心全意只想讓她快樂的神情。她知道我不貪求她能給我什麼。她感覺得到我堅挺壯大的陰莖在她身後頂著，體會到我的渴求，而此時的我卻只專心用手愛撫著她，希望能完全激起她的慾望。

她信任我能愛她，而不只是和她性交。她把整個肉體交給我，讓我為所欲為，然而更重要的是，她的心靈也已經敞開。

我的手指持續在她的陰道進出，隨著她的呻吟聲越來越高，我的動作也慢下來，力道卻增加了。我再次讓手指進入她，她便達到了高潮，她伸出一隻手臂向後抓住我的頭髮，讓我的臉緊貼著她的，另一隻手在我的手臂上抓出血來，整個人往上直挺而繃緊，她的兩條腿不由自主地緊緊併在一起，忍受、享受著類似觸電的快感。我一面用手緊緊環抱著她，一面用腳分開她的雙腿，繼續逗弄著她的陰唇，在她的陰道進出，愛撫著她的陰蒂，她全身猛力顫抖著，臉色蒼白，雙唇張開，卻終於閉上了眼睛，完全讓自己沉落在這份歡愉裡。她的陰道濕潤無比。

過了不知道多久，我終於停下動作的時候，她已經全身癱軟了，我扶著她在鏡子前面的地毯上側身躺著，讓她能夠欣賞自己凌亂的頭髮、嫣紅的臉頰和充滿神采的眼睛。我躺在她身後，輕輕撫摸著她赤裸的肩膀，她緊併著雙腿，摸著自己依然堅挺的乳頭，乳溝之間的汗水，依然呼吸急促的小腹。然後她轉過身，緊緊擁住我，把頭埋在我的肩窩裡，就好像這個世界上再也沒有明天一樣。

# 第九章

　　蘇珊和我躺在床上，兩人都是全身赤裸。她側身面對著我，彷彿依然在研究我的表情和動作，然而她自己的臉上盡是歡樂的信任，眼睛明亮，臉色嬌媚。她用一隻手撐著頭，另一隻手撫摸我下巴的線條，我的胸膛，我手臂上的肌肉，我腹部的陰毛，當然還有我依然堅挺的陰莖，像根小旗桿那樣直立在那裡。她看著我，臉上露出疑惑的表情，似乎在問我為什麼不解決自己的肉體慾望。

　　我搖搖頭，對她笑笑，然後伸出一根手指輕輕地觸著她的前額，她紅豔的雙唇。我的意思很明顯：她的需求比較重要，我的存在便是為了滿足她。這是她此生第一次體驗高潮，第一次知道男人可以為女人帶來這樣的狂喜，讓她超越這樣的巔峰，使她發現自己可以這樣的美麗、堅強，卻又無比的脆弱。

　　我想起自己第一次在珍妮佛的教導之下領悟到性愛的極美，那是在原野馳騁的暢快，向整個天空大喊的狂放，挑戰千尺瀑布的勇猛精進，讓我覺得自己彷彿站在世界的頂端，沒有什麼人可以擊敗我。然而我也深刻體會到那種徹底向對方投降的無助，珍妮佛教我完全放棄自己，不再思考，沒有主張，放任她操縱著我的身體，讓她引導著我，不僅深入她的肉體，更深入我自己的心靈。正因為我學會了完全放棄自己，不再限制或拘束自己的任何念頭，我才真正理解到自己的潛力無窮。

　　這也是我希望能讓蘇珊體會的真理。我想讓她知道，她是自己的主人，而不是傑克的奴隸。唯有她先對自己的身體產生信心，知道自己的極限在哪裡，又能培養足夠的信心和勇氣去駕馭、甚至突破這種極限，她才能真正在和傑克上床的時候享受自己，在取悅他的同時也讓自己獲得極大的快感。唯有她先徹底掌握並發揮自己身為女人的天賦，她才能夠感動、駕馭、甚至主宰男人。她必須學會放棄自己所有的世俗觀念，只單純地把傑克當作一個可以讓她滿足的男人。唯有如此，她才能真正和傑克達到完美的結合。

我一向認為，在這個世界上，能夠為女人創造第一次高潮的男人可以說是最幸福的。女人與生俱來的飢渴必須被發掘，被肯定，這就像是深深埋藏在地底的金礦，只拿一把鏟子用蠻力胡亂四處挖動的男人是永遠也不會找到黃金的。男人必須仔細、耐心地尋找，一層層地探索，無止盡地嘗試，直到有朝一日突破重圍，發現女人身體和心靈深處這豐富的礦產，所得的報酬就會是無比優渥了。

然而這礦藏雖然豐富，卻不是無窮無盡，男人必須永續經營，細心愛護女人的感情和思緒，才能讓女人的身體像鮮花那樣盛開，花蜜源源不絕地流出。男人必須鼓勵女人的開放，珍惜她的獨立自主，不約束、強迫或試圖控制她，更不把她視為理所當然。只有完全自由的女人才能徹底對男人開放自己，兩人之間的性愛也才能有真正的高潮。

我握住蘇珊的手，教她如何愛撫我，我讓她的手指握住我的陰莖最堅硬壯大的部份，緩慢地上下移動，偶爾也捏住龜頭輕輕拉扯，讓我全身產生即將爆裂的快感。她坐起身，極為專注地探索著我的下腹，我讓她盡情挑逗我的陰莖，愛撫我的睪丸，她俯身親吻著我的陰毛，用臉磨擦它們，然後她主動張開雙唇，把我的陰莖含進口裡，卻不知道接下來應該如何動作。她黑白分明的眼睛看著我，赤裸的肉體伏在我身邊，希望能在我臉上看到興奮的表情。她一心一意只想取悅我。

我愛撫她的臉，把她整個人拉過來，讓她跨坐在我的小腹上，雙手扶著她的臀部，她的陰唇磨擦我的陰莖，前後擺動，她整個人往後仰，頭髮垂在身後，閉上眼睛，臉上又露出渴望的表情。我的手緩緩移到她的腰部，然後往上移到她的乳房，感受著它們圓垂擺盪的弧度，揉捏著她的乳頭，然後挺起身來舔著它們，把它們含在嘴裡，用舌尖品嚐。她的手環抱著我的背，愛撫著我的頭髮，我抬起頭來看她，捧住她的臉，仔細而輕柔地吻著她的眼睛、鼻子、臉頰和嘴唇，我的手指插入她的頭髮裡，我的舌頭分開她的嘴唇，我們兩人的舌頭便交纏在一起。她輕輕顫抖著，彷彿全身有電流通過。

我吸吮著她的頸子，那裡的皮膚潔白而美好。

　　我導引著她的臀部，讓自己的陰莖滑入她溫暖潮濕的陰道，她滿足地嘆了一口氣，感受著我的堅挺強壯。我再度躺下來，兩隻手繼續挑逗著她的乳頭，她也跟著前傾，吻著我的臉，我的胸膛，她握住我的手，把我的手臂塞到枕頭下面，讓我對她徹底投降，然後她開始移動自己的臀部，一次又一次向前推移著，把我的陰莖直送到她的陰道深處。

　　她直起身來，雙手把零亂的長髮撥到腦後，她慢慢地騎著我，駕馭著我，操控著我，那份優雅的自信讓我心折。毫無疑問地，她是一個優秀的學生，不但學習的速度快，態度更是專注。她用全副心靈體會著性愛的感覺，閉著眼睛，陶醉地享受著我在她體內的飽滿。她一點也不著急，雙手愛撫著自己的乳房，彷彿在光天化日下的瀑布中自由沐浴的女神，充滿尊嚴和權威。這是她此生第一次有機會主導男人，也主導著性交的過程和結果。她絕對不會輕易浪費任何一秒鐘的好時光，決心要追尋極致。

　　她是我眼前的一幅賞心悅目的圖畫，我感到自己體內的慾望逐漸膨脹到難以克制的程度，卻決定完全讓她擺佈。她把陰道縮緊，我不禁低喊一聲，那種被壓縮、挑逗的感覺是如此美好，使我驚異於她的別出心裁，無師自通。她一次又一次地擠壓我，移動臀部的速度也逐漸加快。然後她整個人往後仰，用手肘支撐著身體，用全身的力道向我推送著，一次，兩次，她呻吟出聲，音調越來越高，她達到高潮時的尖呼聲讓我也失去了對自己的控制，四周的整個宇宙似乎因此而爆炸成碎片。

　　她躺在那裡喘息著，長髮凌亂地披在臉上，眼睛緊緊地閉著，一隻手放在胸前，另一隻手輕撫著自己的小腹。我不給她休息的機會，趁我的陰莖還在她陰道裡面的時候坐起身來，迅速地把她壓在身下。我狂亂粗暴地吻著她，不再溫柔，想讓她體會性交過程中野性狂放的一面。我用一隻手抓住她的手腕，把她的雙臂固定在頭上，另一隻手則捏著她的乳頭，不管她微弱的呻吟。我咬著她的耳垂，在她的頸子和乳房上留下無處吻痕，我感覺自己的陰莖又壯大起來，那股力道越來越勇猛，在我體內流竄，等不及要噴射出來。

　　我用力抽送陰莖，把她的整個身體推送到床的邊緣，她的大半個背懸在床外，用手抓著我的肩膀，兩條腿卻高舉起來，緊緊地纏住了我的腰。她的韌性令人驚訝，她的慾望似乎永遠沒有飽足的時候。她的乳房在我眼前抖動著，鮮紅色的乳頭彷彿在空氣中劃著圈子。

我不想讓她這樣輕易滿足，便把陰莖從她的陰道裡抽出來，抓住她的腳踝，把她拉回大床中央，讓她四仰八叉地躺在那裡。我轉身下床，走到放電視的櫥櫃旁，從行李袋中拿出兩條絲巾。她看見絲巾的時候睜大了眼睛，臉上卻沒有驚慌的表情，似乎已經見怪不怪。她的眼神裡隨即露出無比的渴望。

我走回床邊，直直地站在那裡，俯視著她。我的陰莖在身前直挺，像什麼機器的金屬把手一樣，緊繃而壯大，她伸出一隻手輕輕地撫摸著我，愛撫著我的小腹和大腿，整個人慵懶地躺在那裡，好像是在什麼開滿鮮花的草原上享受暖日和清風。她的臉上露出微笑，輕輕地拉了我一下，召喚著我。她拉的不是我的手。

我上了床，側躺在她身邊，捧著她的臉輕柔地吻著，讓自己的嘴唇滑過她的前額、鼻尖、飢渴的雙唇、小巧的下巴、白皙的頸子。我吻著她的乳房，吸吮著她的乳頭，我一下又一下舔著她的小腹，把臉埋在她的陰毛裡磨擦，我吻著她的大腿內側，還有那蘊藏著無限歡樂卻也永遠神秘難測的陰唇，那是一道通往天堂的門，門裡是我們兩人的世界，任我們自由遨翔。我用舌頭舔著她的陰唇，她溫順地把大腿張得更開了，一面用手撫弄著我的頭髮。

我坐起身來，用一條絲巾把她的右腕和右足踝綁在一起，隨即移到她的左邊，同樣把她的左腕和左足踝綁在一起，確定力道適當，不至於弄痛她或阻礙任何血液循環。她安靜地躺在那裡任我擺佈，兩膝曲起，整個姣好的陰部呈現在我眼前。

我讓自己跪在她雙腿之間，欣賞著她美好赤裸的身體，她定定地看著我，眼光幾乎是虔誠而充滿期待，邀請著我下一步的動作。我俯身向前，輕輕地吻著她的乳房，隨即張嘴含住乳頭，用舌尖探索她的乳尖。我挑逗著她，感覺她的乳頭迅速變得堅挺，身體也扭動起來，她不能移動手腳，只能用膝蓋夾住我。她把頭往後仰，嘴唇張開，雙眼半閉。

　　我極緩慢地愛撫她的小腹，大腿內側，還有此刻已經濕潤無比的陰唇內外，我的手指滑過她的每一寸肌膚，每一道皺摺，一點也不心急，只想讓她和我一起享受這美好溫存的感覺。我找到她最敏感的一點，在四周輕輕繞著圈子，我用整個手掌撫弄著她，聽著她嬌柔的呻吟聲，感覺心中無比安寧祥和。我握住自己的陰莖，慢慢推送進她的陰道，然後我趴在她身上，讓她的膝蓋夾住我的臀部，我捧住她的臉，直直地看進她的眼睛，她的靈魂深處。我們就這樣坦誠直接地互望著，她的身體隨著我的推送而上下起伏，慢慢地醞釀我們之間的歡樂，全心全意體會那種逐漸膨脹的溫暖。四周的一切彷彿也以慢動作進行，一次又一次，她的髮絲擺動著，乳房抖動著，膝蓋緊夾著我，彷彿天地間只剩下我們兩人。一次又一次，我們極緩慢地往天空爬升，蒼穹似乎近在咫尺，然而我們都不慌不忙，充份放縱自己的感官，一面靜靜地互望著。一次又一次，我感覺體內的歡樂幾乎膨脹到無法容納的程度，而我在她黑白分明的眼神中看得出來，她也有同樣的感覺，我們都已經來到天堂邊緣。我們就這樣看著對方，慢慢地再往上升了一點，極緩慢地，極安靜地，全心全意地，就這樣，我們同時跨入天堂，整個塵世在我們身邊無聲地爆炸，而我們的眼中只有彼此。

# 第十章

　　一旦我們抵達天堂，剩下的時間就可以無拘無束地盡情歡樂了。我們吃了服務生送來的晚餐，我開門的時候只在腰間圍了一條毛巾，蘇珊則躲在床上的被單下面。晚餐是十分豪華的牛排和海鮮濃湯，配上新鮮的生菜沙拉、香草冰淇淋和水果，我把所有的固體食物切成小塊，一口一口地餵她，她也拿了湯匙餵我，她的熱吻卻比熱湯更香醇而美味。

　　蘇珊不喝酒，卻陪我淺淺地品嚐了兩杯香檳，我用手指沾酒在她乳房上畫圈，然後俯身像小狗一樣舔著，她輕笑起來，一手撫著我的臉。晚餐之後，我們一起洗了澡，在浴缸裡泡了很久，溫熱的水和平滑缸背的斜度正好供我們做愛，濺起的大片水花灑在地面的磁磚上，引誘我們再度轉移陣地。我把她抱起來，讓她靠著冰涼的洗手檯，她一隻腳抵在地上，另一隻腳舉起來放在檯面，兩隻手緊緊地環著我的肩膀，我就這樣進入她，感覺她舔著、咬著我的耳垂，讓我全身上下傳過一陣麻癢。我們達到高潮的呼喊聲在充滿水蒸汽的浴室裡迴響。

　　她簡直變成了另一個女人：直接、熱情、無拘無束、心神灑脫而活潑奔放。她的一舉一動都像在跳舞，她的眼神嬌媚，精神煥發，我的任何一點小動作都可以讓她開心地笑出來，彷彿她從來沒有體會過這種完全而徹底的自由似的。她不說一句話，卻連一句話也不用說，她的眼神表達了她的心意，只是一種溫柔的索求，毫不厭倦，永遠充滿著追尋和渴望。我在她身上找到無窮無盡的精力，直到半夜三更都不感到疲累，我們一次又一次做愛，竭盡了各種地點和姿勢，她最喜歡在鏡前歡愛，眼睛毫不放鬆地注視著鏡中的自己，臉上的任何表情都不錯過。然後她終於在鏡前的地毯上沉沉睡去，我把頭枕在她的小腹上，感覺心中平安喜樂。

　　我不知道我們是什麼時候睡醒的，只知道厚重的窗簾阻隔了外面的所有影像和聲音，整個世界只有我們兩人和無限的自由。早餐是美味的炒蛋、香腸、燻肉和柳橙汁，午餐則是厚厚的燻肉三明治和新鮮水果，晚餐則換成輕淡多汁的烤龍蝦和馬鈴薯沙拉。莉雅確實沒有虧待我，我也一心一意侍奉蘇珊，把我所能付出的所有歡樂都奉獻給她，更從她那裡獲得無比的回報。我們完全屬於彼此。

我感覺蘇珊已經體會到做為女人的幸福和自由。我一再強調自由這個詞，因為我覺得她在此之前都是一個囚犯，活在他人和自我構建的重重牢獄裡。我不知道她在中國的生活狀況如何，來到澳洲之後又經歷過多少轉變，然而她對自己似乎有一種無比的控制力量，時時刻刻提醒、警覺著自己，注意觀察自己是否能取悅他人，以確保自我的存在能夠順利繼續。她似乎一直督促自己要讓他人滿意，一直以他人的眼光來衡量自己的價值，而我卻要讓她明白自己是個獨一無二的個體，她是珍貴、美好而與眾不同的。每個女人都是如此。

沒有任何男人可以低估一個女人，也沒有任何男人可以把女人的存在視為理所當然。女人是需要被尊重的。一旦男人懂得尊重女人，懂得發掘並體驗她的價值和高貴，並懂得溫柔地珍惜，女人便會全心以報。男女之間的歡樂是互相的，唯有雙方都付出無比的信任和真誠，這種歡樂才能達到極致。女人和男人一樣有權利從異性身上獲得快感，而女人的權力是至高無上的，男人不得不臣服在她們腳下，因為只有女人懂得如何讓男人快樂。

床頭櫃上的收音機時鐘顯示出時間將近午夜，我喝完一瓶香檳，拉著蘇珊的手走到窗邊，把厚重的窗簾一把拉開。這是我們在一起的第二個午夜，我拉開落地窗，雪梨喧囂的車水馬龍便傳至耳邊，我們赤裸著身體並肩站在六樓的陽台上，輕涼的晚風襲來，她姣好的胸前和手臂上便起了一陣雞皮疙瘩。然而她臉上的表情是輕鬆而自在的，像個女神那樣俯視著人間大地，沒有什麼力量可以控制她，也不再有任何人能夠束縛、規範她的心神。她是完全自由而獨立的，盡情追求她想要的歡樂，也清楚地知道在這歡樂之後，她必須面對的是個什麼樣的世界和生命。

想到這裡，我幾乎要悲傷起來。我知道，我和她之間只有三天的愉悅相處，彼此之間也沒有任何責任義務，只是無窮無盡的歡樂，然而我很清楚她對我的意義：她不只是我的學生，更是我這整整三天之中的伴侶，我們並肩走過這段路，雖然短暫，卻像永恆一樣給我留下了深切的記憶。她讓我體會到，做為一個能夠讓女人歡樂、讓她感到身心無比自由的男人，是一種多麼美好的感覺。我給她的快樂和自由感受遠不如她教給我的這個道理，而我永遠也不會忘記她為我打開的這扇門，這扇讓我學會如何引領女人達到天堂的門。對我來說，她就是天堂，而我是天堂的使者，在舉起號角的同時也沐浴在她單純而溫暖的榮光裡。

她把手臂放在陽台及胸高的圍牆上，俯身看著雪梨市景，她赤裸的身體曲線極為美好，襯著午夜的天光和整個城市的夜色，彷彿微微地閃光。我站到她身後，輕輕地環抱著她，吻著她臉上和頸部細膩的肌膚，她側著臉，享受著我的溫存。我愛撫著她的乳房，揉捏著她的乳頭，感覺著它們的堅挺結實，我撫摸著她的小腹和大腿，她的身體變得柔軟起來，其中卻似乎有一股力道正在膨脹，等待我的探入，為她打開宣洩的大門。我分開她的雙腿，略微把她舉起來，讓她上半身倚在圍牆上，她的乳房懸在圍牆外面，張開雙手，似乎要擁抱整個世界，我看不到她臉上的表情，卻可以感受她的興奮和大膽，還有無比的刺激和愉悅。

我在她身後用力把陰莖推送到她的陰道裡，一隻手抓住她的乳房，用力揉捏她的乳頭，另一隻手抓住她的頭髮，把她整個人往後拉，緊貼在我身上，她被夾在我和圍牆之間，我吻著她的下巴，她的頸子，咬著她的耳垂，同時用力推送陰莖，感覺她陰道的肌肉因為興奮而有力地緊繃，她整個人顫抖著，雙臂卻張得更開了，彷彿在邀請整個世界見證我們的交歡，這亙古以來宇宙之間最極致的歡樂，就這樣赤裸裸地展現在整個雪梨市區上空。

她的喊聲越來越高，似乎要喚醒天地，我用力地抽送，感覺她整個人被我擠壓、推送到瀕臨爆炸的邊緣，然後她用力把頭往後仰，兩隻手向後抓住我的頭髮，大腿懸垂著，整個人貼在圍牆上，乳房在牆外劇烈擺動，就這樣達到了高潮。她的高喊聲遠遠地傳了出去。我不知道是否有人聽見她的聲音，或是看到她赤裸狂放的上半身，卻欣喜於她終於能夠徹底完全地開放自己，也許別人的窺視更能讓她狂野激昂。

接下來的一天半裡，我們專注於鍛練她的忍受力和挑逗的技巧。我希望能幫助她發現自己的極限，並且將之一再延伸，耐心地慢慢精進，直到她能維持將近半小時的興奮和飢渴，最終達到的高潮也能夠是完全開放身心的崩潰。她同時也必須知道如何挑逗傑克，適時地給他暗示，偶爾給他一點甜頭，卻持續保持他的渴求和追尋，慢慢地引領他繼續深入追尋，兩人互相配合生理和心理的雙重感覺，直到他們能夠同時達到高潮為止。她學得極快，特別是能運用我給她的那兩條絲巾，花樣千奇百怪，有時候連我也嘆為觀止。

她最喜歡把我的手綁在身後，然後讓我坐在高背餐椅上，看著她躺在床上撫弄自己。她躺在那裡，慵懶而美麗，像一隻波斯貓，一隻手揉搓著自己的乳房，一隻手愛撫著自己的陰唇，雙腿高舉，小腹繃緊，這似乎能讓她迅速感到興奮，臉色也紅嫩得彷彿要滴出水來。她像貓一樣在床上爬著，然後下了床，撲在我的膝蓋上，她用舌頭挑逗著我，把我的陰莖含在嘴裡，輕柔地前後抽送著，感覺著它逐漸堅挺壯大，她嬌媚的眼睛觀察著我的反應，我無法移動雙手，只能俯身去吻她。她用力推我，讓我坐直，然後跪在我面前，雙手愛撫著我多毛的胸膛，用舌頭舔我的耳垂和頸部，輕咬著我的乳頭，一面握著我的陰莖根部，緊捏，放鬆，緊捏，放鬆，我感覺體內的慾望似乎要爆發出來。我想吻她，她卻輕笑地仰後了身體，讓自己的乳房在我眼前晃蕩。

她抓住我的頭髮，把乳房湊到我眼前，讓我輪流吻著、咬著她紅潤的乳頭，然後慢慢壓低身體，讓我的陰莖滑進她的陰道，她坐在我大腿上，控制著我，駕馭著我，像騎馬一樣督促著我的速度和力道，她抓住我的頭髮，用力咬我的頸子，然後她全身顫抖起來，用力推送臀部，我仰著頭，拼命把身體向上仰，我們兩人在半空碰撞、迎合著，我感覺自己深入她的極致，然後我們同時爆炸，她整個人倒在我身上，我們的汗水流在一起，再也分不出哪一滴是誰的。

午夜再度到來的時候，我把窗簾拉開，把小餐桌移到落地窗前，然後讓她躺在桌上，她整個人便袒露在月光之下，頭髮從餐桌的另一邊垂下，雙手用絲巾綁在身後，墊高了臀部。我走到桌前，分開她的大腿，然後抬起她的臀部，迅速把陰莖插進她的陰道，動作像她要求的那樣粗暴，她抬起頭來挑逗地看著我，牙齒輕咬著嘴唇。我提著她的大腿，用力抽送著陰莖，她整個身體抖動著，乳房上下跳動，嘴裡呻吟著，低喊著，頭往左右搖擺，髮絲被汗水黏在臉上。我把她推送到高潮邊緣，然後慢慢把陰莖拉出來，她懇求地看著我，要我繼續。

我抓著她的頭髮，把她拉起來，又把她推到桌上，讓她背對著我趴在那裡，臉的一邊貼在桌面，雙腿抵在地上，臀部挺翹成動人的曲線。我用腳分開她的雙腿，再度把陰莖插進她的陰道，迅速而猛烈地抽送，她被綁住的雙手抽動著指頭，似乎在召喚著我，要我更粗暴、更無情。她發出動人心魄的喊聲，引誘我使出全身的力量蹂躪著她，享受著她，她的臉抵著桌面，乳房懸空晃動，我用力捏著她的乳頭，感覺她全身一陣又一陣的顫抖。眼看著她又快要達到高潮，我突然往後退，就這樣離開她，她趴在那裡喘息，然後直起身體，轉身面對我，臉色嬌艷無比。

我知道這樣一再挑逗只會讓她的慾念更高昂。我解開她雙手的束縛，緊緊擁住她，溫柔地吻她，然後帶她回到大床上。我側躺在她身後，一面吻她的臉和頸子，她細瘦的肩膀，顫動的乳房，一面從後面進入她，慢慢推送，像海潮那樣充滿韻律而無法抵擋，她側轉過來的臉上是一片極力克制的狂喜，渴盼著進入天堂，又想讓這種美好的感覺持續永遠。她達到高潮時的嘆息聲讓我再次想到珍妮佛，於是我知道她確實準備好了。

她已經完全成熟。

# 第十一章

　　最後一天的上午，我們洗了澡，我給她泡了一杯綠茶，自己喝了黑咖啡，然後我們什麼也不做，就這樣悠閒地躺在大床上愛撫著彼此。至此，她對我的身體已經無比熟悉，卻還是專注而仔細地撫摸著我全身上下的線條和角度，觀察著我的反應，似乎永遠也看不膩我的每一個表情。我知道她想把這三天以來的分分秒秒牢記在心裡。我能夠體會這一點，因為我也有同樣的感覺。我會永遠記得她如何從羞怯轉為狂放，她臉上的拘謹和緊張如何像雨雲那樣逐漸褪去，歡愉和興奮像朝陽那樣出現，然後是整日整夜燦爛的金色陽光，當然還有無邊無盡的藍天，讓人全身暖洋洋地，只想擁抱整個世界。

　　我輕撫著她的乳房，欣賞她臉上滿足的表情，感覺到一種謙卑的成就感。然而成功不必在我，她的轉變完全出於她自己，願意大膽嘗試，開放自己，一心一意只想達成自己的目標。她已經學到了如何控制自己堅定的意志，更重要的是懂得放鬆，能夠享受自己往目標前進的過程，而不再只是單純地鞭策、強迫自己。她已經體會到男女之間不應該有責任和義務，而只是彼此之間無比的探索、發現、尊重、珍惜。此時的她足以成為任何男人最好的伴侶，然而我知道她已經開始思考自己應該如何調整和傑克相處的速率，如何取悅他，更在這取悅的過程中讓他也學會讓她滿足。

　　我為她的轉變感到驕傲。我知道她已經學到身為女人最寶貴的教訓：了解並尊重自己，進一步愛惜自己的身心，懂得成為傑克的伴侶，在肉體和心靈上贏得和他完全平等的地位。也唯有這樣，她才能成為一個最好的人妻，和傑克攜手為兩人一輩子的幸福打拼。

　　而我這個人妻教練，在看著蘇珊滿足地離去之後，又將面對下一個訓練任務，一個嶄新的女人，一個截然不同的心靈和肉體，等著我去啟發。我為自己的幸運而感謝上蒼，更感謝莉雅，讓我有這個機會真正地發現一個女人的靈魂，並且能夠解放她，協助她找到完全徹底的自由。這個天堂嚮導的工作是一種特權。唯有能夠讓女人快樂的男人，才是真正的男人。

眼看著下午三點即將來到，我和蘇珊並肩站在鏡子前面，最後一次欣賞彼此赤裸的身體。此時的我們不必再做愛，也能體會性愛在我們的肉體上和心神之間可以創造的狂喜，這種結合雖然無形，卻有著不容輕視的重量。這三天對我們來說就是永恆，儘管她即將回到傑克身邊，我也在不久之後必須面對我的下一個女人，我們都知道我們會永遠屬於彼此，這種契合和連結永遠不會消失。

我把她在櫥櫃上放了三天的內衣和洋裝拿過來，一件一件仔細地給她穿上，然後我跪在地上給她穿上鞋襪，又拿出那柄梳子，溫柔地把她的頭髮梳理整齊，用一條絲巾為她鬆鬆地在腦後挽了一個結，另一條絲巾則被我珍重地放進自己的行李袋裡，算是她給我的紀念。她看著我的動作，一句話也不說，我知道她心裡難過，捨不得和我就此分手，卻同時也下定決心要回到牧場上去繼續和傑克生活，成為他最完美的人妻。她心中悲喜交織的情緒充份展現在臉上，我不禁把她擁入懷中，輕輕撫著她的頭髮，不忍心看她的表情。她用盡全身的力量抱著我，因為這是我們最後一次的擁抱。

我們聽見敲門聲，便彼此退開一步，我去給莉雅開門，蘇珊則回到我們第一次見面時她站在窗邊的位置。我知道她想讓莉雅看見一個完全不同的自己，就算是一種驚喜和成就的展現，然而這個姿態也許還有某種嫉妒和比較的意味，她知道我和莉雅之間的關係非比尋常，她回到牧場之後就不能再見到我，莉雅和我卻經常有碰面的機會。我在開門之前又回頭望了她一眼，她揚著下巴，一隻手垂在小餐桌上，臉上露出自信和挑戰的笑容，眼睛盯著即將打開的房門，目光中卻沒有我。她已經準備好面對嶄新的人妻生活了，那生活中不會再有我的存在。這是她的決定，我的心頭卻掠過一絲悲傷。

門開了，莉雅站在那裡溫柔地對我微笑，她看見我臉上的表情時愣了一下，眼神隨即充滿無限的體諒、安慰和勸誡。我知道她要我放下這三天以來和蘇珊建立的感情，我聳聳肩，表示我會沒事的。她又笑了，伸出一隻手和我握著，又側過一邊臉頰接受我禮貌的輕吻，然而她的目光已經轉到窗邊的蘇珊身上，專注而仔細地打量著。她向前走了幾步，我便把門關上。

兩個女人彼此互望，彷彿在短短的幾秒鐘之間已經交換了無數言語，蘇珊想證明自己已經非同凡響，需要別人刮目相看，莉雅卻很明白地表示了自己從不判斷別人，也不希望被別人判斷的態度。蘇珊的目光在莉雅全身上下打量著，似乎想確定她和我的關係，莉雅的視線卻毫不游移，她彷彿在對眼前的女人說，我們的任務如今已經圓滿達成，妳得回到自己的丈夫身邊，還是不要想太多吧。

然後蘇珊垂下眼光，拿起自己的皮包，走過來和莉雅擁抱著。莉雅輕輕拍著她的背，給她無限的關懷和支持，這是女人之間獨特的袍澤情誼，不知怎麼的，卻讓我想到自己有一次不知道在哪個電視頻道上看到的野生動物記錄片，攝影機的鏡頭專注在一頭被公象強迫交配的母象身上，其他的母象在她身邊圍成一圈，彷彿在安慰她，給她繼續生存的勇氣，卻也提醒她，整個動物世界的無情運作並不會因為一次偶然的遭遇而停擺，生活還是要繼續下去。

我低下頭看著自己的鞋尖。這何嘗不也是對於我的教訓。

莉雅放開蘇珊，牽了她的手，轉身給了我一個微笑。我知道她很清楚我此刻的想法，因為她對我點點頭，眼光中充滿了鼓勵。她簡單地說了一句：「你可以在這裡休息到午夜，我會再跟你聯絡。」她從皮包裡拿出一個白色信封，放在櫥櫃上，隨即和蘇珊一起離開了。蘇珊再也沒有看我一眼，我把門輕輕地在她身後關上，只看到她頭髮上的絲巾微微飄盪。

我把信封隨便丟進自己的旅行袋，隨即躺回大床上，好好地睡了一覺。午夜來臨的時候，我站在陽台上回味著雪梨的喧囂市景，然後我回到房中，把落地窗鎖好，厚重的窗簾也拉上，關上所有的燈，就這樣離開了皇家飯店六百二十六號房。

我休息了兩個星期，每天在家裡看書，晚上則去街角的一家健身房慢跑、舉重。我對中國開始產生興趣，從圖書館借了一堆學術著作和小說，一頁又一頁讀著，想充實自己對中國女人的了解，也算是為自己的工作進修。莉雅已經把我下一個客戶的資料寄來了，我一面研讀相關背景，一面做各種筆記，偶爾也到市區去買各種訓練必須的用品。我沒有忘記蘇珊，也希望她不會忘記我，然而我全心全意地希望她和傑克幸福快樂，或許她有一天也會成為一個充滿驕傲的母親。

接下來的一年多，我訓練了十二個客戶。她們來自中國不同的省份，年齡和受教育的程度不一，對澳洲的了解和期許也很不一樣。她們都是透過經紀人而選擇嫁到昆士蘭州、新南威爾斯州和南澳州偏遠地帶的農家、牧地或礦場，有兩個過去結過婚，因此對性交一事並不陌生，然而她們每個人都急切地想知道澳洲男人有什麼特殊的需求，自己應該如何盡力侍奉、取悅他們，而我也總是用三天的時間耐心地說服她們：不管她們的對象是誰，最重要的還是懂得尊重身為女人的自己，唯有女人懂得自己的美好和真實，才能和男人平起平坐，兩人共同追尋並達成性愛的美滿。她們之中有幾個人能說簡單的英語，因此不像我和蘇珊那樣純粹透過肢體語言溝通，我在她們斷斷續續的描述之中體會到她們簡單卻極為深刻、同時也絕對不會動搖的信念：只要她們肯努力，肯付出，就絕對會有實現夢想的一天。我被這樣單純的信念深深感動，因為這世界上的每一個人類都是如此。我們都追求著更好的生活品質，都在朝自己的目標勇敢邁進。能夠為她們達到目標的過程盡一分力，讓我為自己感到驕傲。

我在這些獨特的女人身上獲得不同的樂趣，也試著用各式各樣的方法滿足她們的需要，激發她們的潛力，磨練她們的技巧，培養她們的自信。她們之中有五個人還是處女，我在幫她們度過第一次的難關時便特別溫柔體貼，慢慢消減她們對於性事的懼怕和懷疑，同時鼓勵她們勇於嘗試，盡情探索，徹底享受性愛的美好。她們從第一次的掙扎呻吟，慢慢進步到第三十次、第四十次的激烈狂放，欲罷不能，從最初的羞澀拒斥成長為後來的自然愉悅，我感覺自己也和她們一起學習著，轉變著，每一次都是全新的經驗，每一次也都是對於天堂的虔誠禮讚。

　　她們之中另外有六個人和蘇珊差不多，雖然已經在床上和澳洲丈夫度過或長或短的歲月，卻不滿意自己的表現，希望能夠從我這裡學到許多訣竅，我所有的各種訓練用品便逐一派上用場，對於皇家飯店六百二十六號房的每一個角落和傢俱佈置的細節也越來越熟悉。這小小的房間彷彿有一種魔力，足以讓每一個女人成為女神，我膜拜著她們的肉體和心靈，用全副心神取悅她們，聽她們在我面前或輕泣、或嘶喊，感覺她們在我胯下或撕扯抓咬、或癱軟臣服，看著她們動人的眼神或嬌羞、或坦然、或渴求、或浪蕩，用手指揉捏、愛撫著她們或巨大結實、或嬌小軟垂的乳房，讓我的陰莖在她們濕潤的陰道裡用力抽送，帶著她們一次又一次爬升到歡樂的巔峰。她們的高潮像海浪一樣洗滌、淨化著我，讓我一次又一次感覺到新生的興奮。

　　我在這一年多的時間裡送出了十二條絲巾，另外十二條則被我珍重地收藏在家中臥室的衣櫃裡，象徵著我和這些女人共同建立的深厚情誼。每看著她們之中的一人離去，我為之虔誠祝禱的對象便又多了一個，儘管我並不追隨任何宗教，卻願意用此生所有的力量祝願這些女人一生順遂，平安自在，永遠幸福。就像我前面提到過的，愛神所能做到的也不過如此。

# 第十二章

　　看到這裡，你也許會問：我前面提到的十二個中國女人之中有五個是處女，另外有六個已經有些性經驗，那麼還有一個呢？我的回答是：在繼續我和蘇珊之間未完的故事以前，我一定要仔細描述一下這個名叫安娜的女人。她是我所接觸過的十三個客戶之中，唯一的一個性經驗豐富到足以和莉雅媲美的中國女人。

　　莉雅在把安娜的資料交給我的時候，特別要我注意了她的背景。安娜在上海出生成長，才不過十二歲就在一場車禍中失去了父母親，她孤身一人在 1990 年代末期劇烈轉變的中國社會裡難以循正當的管道生存，只能用肉體換取食宿和零用錢。到了二十一世紀初期，她在偶然的機會之下認識了到中國進行商務洽談的礦場經理大衛，兩人做過幾次愛，她服侍得他稱心滿意，便就此和他回到西澳州的柏斯市定居、結婚。然而大衛比安娜整整大了二十三歲，幾年之後便有些力不從心，安娜一旦取得居留權，便決定回復單身，自力更生，在柏斯市的紅燈區專門接待來自西澳州無數新興礦場的各國勞工。

　　我在皇家飯店六百二十六號房見到安娜的時候，她才二十四歲，眼神之中有一股掩不住的滄桑，青春而成熟的肉體卻裹在緊繃的短上衣和牛皮裙裡，一雙腿修長而誘人。她十分懂得保持自己看起來純真無知的外貌，一旦行動起來卻無比老練。她做愛的熱情和精力是驚人的，我們在剛開始的前兩天之中幾乎沒有停下來休息過一次，三餐的各種食物和飲料也成為我們交歡的道具。

　　安娜是喜歡狂暴的那種女人，我在事前便準備了手銬、粗繩、皮鞭、蠟燭、電擊棒和振動器等性愛用品，果然能夠保持她的新鮮感，也讓我自己大開眼界，學到許多從前沒有體會過的刺激經驗。她喜歡把厚重的窗簾拉開，日日夜夜開著落地窗，輪流在室內和陽台上和我做愛，彷彿想讓全世界都看見她動人的身體，聽見她激動的嘶喊。她幾次要求我把她的雙手高舉著用手銬固定在窗簾桿上，整個人懸吊在那裡，只有腳尖抵著地毯。她讓我把絲巾勒在她頸子上，緊到差點不能呼吸的地步，然後要求我一隻手在她身後用力拉著絲巾，讓她不由自主拼命喘氣，另一隻手則把她的大腿舉起來，就這樣站著進入她，動作越猛烈粗暴越好。我放開絲巾，兩隻手用力揉捏著她的臀部，她整個人隨著我的用力抽送而擺盪，高舉的一雙腿卻緊緊地纏在我的腰上，她閉著眼睛用力喊著，要求更多。

我不想讓她這麼快就達到高潮，便把陰莖從她的陰道裡抽出來，把她也從窗簾桿上解下，卻把她的手銬在身後，並用絲巾蒙住她的眼睛。她赤裸著站在那裡，全身上下充滿誘惑，靜待我的各種攻擊。我拿出皮鞭，在她四周繞著，偶爾在她身上抽一鞭，她歡喜地尖叫出來，側頭聽著我的喘息聲，要求更多。我用電擊棒觸著她的乳頭，她的大腿內側，她的陰唇，她全身劇烈顫抖，痛苦得面容扭曲，卻迅速轉為飢渴，要求更多。我讓她躺在小餐桌上，張開雙腿，用力把振動棒插進她的陰道，把振動的幅度開到最大，她全身抖動著，紅潤堅挺的乳頭上下彈跳，一頭亂髮被汗水黏在臉上，猛力左右擺動著頭，嘴裡嬌媚的喊聲卻更加蕩人心魄，兩條白皙的腿也跨到我的肩膀上，要求更多。我用力抽送著振動棒，她的尖叫聲越來越激烈，終於抵達高潮的邊緣。

我存心挑逗她，便把振動棒取出來，同時解開了她的手銬。她躺在桌上喘息著，然後坐起身，解下了蒙在眼睛上的絲巾。她充滿挑逗地看著我，潔白的牙齒咬著紅豔的雙唇。她站了起來，走到我的面前，看見我的陰莖堅實粗大地挺在身前，便滿意地笑了出來。

她讓我躺在床上，雙手用絲巾固定在床頭，然後她跨坐在我胸膛上，兩隻手用力抓我的頭髮，讓我用舌頭探索她的陰唇內外。她俯身向後，嘴裡發出連綿不斷的呻吟，然後她往後移，俯身下來咬著我的耳垂、頸子和乳頭，我的低吼配合著她的嘶喊，使她更加興奮起來。她再次往後移，握住我的陰莖用力擠壓著、揉捏著，然後整個含進嘴裡，我的壯碩直抵到她的喉嚨，她前後推送著，鼓動著我體內的那股力量，我的吼聲越來越高昂，逐漸不能控制自己。她跨坐在我身上，把我的陰莖塞進她的陰道裡，我全身顫抖起來，用力把臀部往上頂，想抵達她的最深處，而她也配合著我，整個人往後仰，臀部用力推送著，一次又一次，動作越來越激烈，速度也越來越快，我們兩人的下半身用力碰撞著，她突然尖喊著靜止了身體，就這樣達到了高潮。她坐直了身體，雙手用力捏著自己的乳頭，一面繼續騎著我，推送、催促著我，就在我即將爆炸的那一刻，她矯健地跳了起來，卻俯身向前，我收不住勢子，乳白色稠膩的精液便直射出來，噴在她的臉上。我完全釋放的高喊掩不住她清脆得意的笑聲，她終於徹底獲得了滿足。

她溫柔地解開我雙手的束縛，伏在我身上吻我，我卻不放過她，用力抓住她的頭髮，整個人猛地翻身把她壓在床上，她的臉上又露出興奮飢渴的表情。我用手銬把她的手在身後銬住，分開她的雙腿，足踝用絲巾固定在床頭，她整個人便聽任我的擺佈，半閉著眼睛享受我的蹂躪。我點燃了蠟燭，然後把滾燙的燭液一滴一滴灑在她的乳頭上，她痛得全身顫抖，紅色燭汁在她白皙的皮膚上迅速凝結成一朵一朵美麗的玫瑰。我拿起皮鞭，卻不是要抽打她，而是把皮鞭把手慢慢送進她的陰道，然後前後抽送起來，皮質的把手上面粗糙的花紋顯然給她相當大的快感，她呻吟著，低喊著，整個身體扭動起來，因為把手的深入而感到滿意，我的動作緩慢而堅定，一點一點地增加她的快感。我拉出把手，再度把振動棒塞進她的陰道裡，幅度開到最大，引誘著她，挑逗著她，我移到床的另一端，把我壯碩的陰莖塞進她嘴裡，直到喉嚨深處，她仰頭嗚嗚地喊不出聲音，上下兩端同時被佔有的身體卻扭動、顫抖得更厲害了，她黑白分明的眼睛定定地看著我，要求更多。

我把陰莖從她的嘴裡拉出來，她大口喘著氣，癱軟地躺在那裡。我解開她雙腿的束縛，把她的身體翻過來，拉高臀部，膝蓋往前送，讓她像狗一樣趴在那裡，我一隻手操縱著振動棒在她陰道裡繼續製造快感，另一隻手把粗大的陰莖頂入她的肛門，猛力抽送著，隨即揉捏著她的乳房，擠壓她的乳頭，她的臉抵在被單上，喊聲越來越高昂。我整個人趴在她身上，讓她的膝蓋支撐我們兩人的體重，我同時抽送著振動棒和陰莖，她的肛門內部緊實的肌肉給我前所未有的快感。我的臉抵在她的臉旁邊，側頭咬著她的耳垂，她尖喊出來，整個人崩潰著垮在床上，振動棒也濕淋淋地從她的陰道裡滑擠出來。

我不給她喘息的機會，一手環著她的乳房，把她整個人拉起來跪在床上，另一隻手摀住她的嘴，不管她拼命搖頭想掙扎出聲，同時繼續用力抽送陰莖，直到我終於抵達高潮，釋放了所有的精力，才把她推倒在床上。她的手腕被手銬勒出血來，肛門的部位也又紅又腫。她把臉埋在被單裡，我卻可以看見她眼角的淚痕。我解開她的手銬，把她整個人抱起來，走進浴室，她疲倦地用雙臂環著我的頸子，任我擺佈。我讓她躺在浴缸裡，然後調好水溫，讓水慢慢浸過她的身體。我拿香皂抹遍她的全身，輕輕地愛撫著她的每一個線條，我的手不再有侵佔和暴力，只有無比的溫存。我想讓她知道，我是愛她的。過去兩天以來，我用她的方式滿足了她的需求，然而在這剩下的一天裡，我卻想用我自己的方式來愛她。

洗完澡後，我把她擦乾，隨即把她抱回床上躺著，蓋好了被單，把幾種新鮮水果切成小塊，餵她吃著。我看得出來她想繼續做愛，卻已經精疲力盡。我溫柔地把她探索著我的陰莖的手推開，然後在她身邊側躺下來，一隻手環著她的細腰，另一隻手輕柔地梳理著她的頭髮。我聽著她逐漸平穩的呼吸聲，開始和她對話。

安娜在澳洲待了幾年，英語還不錯。說來可笑，但是在訓練了十二個客戶之後，這還是我第一次有機會透過對話而深入接觸這些女人的心靈。也許安娜只是一個特別的例子，她有能力溝通，有居留權，更能夠自力更生，不像其他女人那樣無時無刻不戒慎恐懼著自己在澳洲的現在與未來，生怕自己一旦表現不好，就會被趕回中國去。安娜在中國的過去已經被她拋在腦後，拼命想遺忘，她眼前專注的只是如何討好各種客戶以賺到更多的錢，有朝一日便能夠徹底擺脫這種出賣肉體的生活，安安穩穩地過著自己真正想過的日子。相較之下，我先前接觸過的十二個女人儘管無論如何也要留在澳洲，不約而同地卻都還留戀著中國，她們對生活的努力完全是為了讓故鄉的家人過更好的生活，這讓她們感覺自我的存在更有價值。

　　如果說我極力想幫助這些女人達成對於自我的了解和尊重，讓她們領悟到自己做為女人的美好價值而懂得珍惜，而不只是逆來順受地成為任何人的奴隸或工具，那麼我在面對安娜的時候，看見這樣一個咬著牙拼命想增進自己的價值，提升自己的經濟和社會地位的女人，心中不禁充滿了憐惜，而不只是單純的尊敬。我聽她訴說自己悲慘的少年時光，十二歲時如何被迫接受第一個客戶，一個貪婪猥瑣的中年男人，整整折磨了她三天三夜。她有些驕傲地提到自己如何在接下來的幾年中慢慢精進自己的性交技巧和耐力，直到所有來找她的男人都欲罷不能，連許多來自國外的客戶也對她讚嘆連連，大衛更願意耐心地完成各種複雜的移民手續而把她帶回澳洲。

　　她提到大衛的時候不禁掉下淚來，我知道她對這個改變了她一生的男人有無窮的感激，他給了她看見新世界的機會，幫助她培養更多的夢想，更鼓勵她實現自己的理想，於是她才能毅然決然地離開他，勇於追求自己想要的生活。她說大衛在她提出分手的時候並沒有太傷感，想來也知道自己無法在生理和心理上繼續滿足這個充滿野心的年輕女人。她說她已經存了一大筆錢，只等在我這裡訓練完畢之後回到西澳州，差不多再接一年的客，就可以停手不做了。她想先四處旅遊幾個月，再找個在餐廳裡當服務生的工作，也許更會找機會念點書。在她二十四歲的成熟身體裡，我覺得自己依然能夠看見十二歲的那個單純而有著無限憧憬的女孩。

# 第十三章

到了第三天下午三點鐘，莉雅來敲門的時候，安娜已經因為說了許多個小時的話而嗓音嘶啞起來，雙眼也因為缺乏睡眠和哭過好幾次而有些紅腫。莉雅進門的時候，看到安娜這模樣，便轉頭朝我溫柔地笑笑，彷彿在慰問我這個教練的工作辛勞，然而我搖了搖頭，她睜大眼睛，臉上出現疑惑的表情，卻沒有提出任何問題。也許安娜在離開之後會把她和我在這三天裡相處的每一個細節說給莉雅聽，也許她會把這一切都當作秘密，永遠保存在自己的記憶裡。不管她決定怎麼做，我相信莉雅都會像我一樣，尊重她的決定。

我事前已經把安娜穿戴好了，依然是短上衣和牛皮裙，頸上繞著我送的一條絲巾，兩端垂在胸前，然而她的神態卻是前所未有的莊重，不像三天前那樣在純真裡暗藏誘惑，掩不住全身上下對性愛的渴望。她站在那裡，雙手規矩地在身前交握，眼裡卻露出一股渴求。莉雅走過去握住她的手，關心地用中文問了幾句，她也用中文回答，似乎在請求什麼，莉雅卻很快地回絕了，態度嚴肅而堅決。安娜又哀求幾句，莉雅卻只是搖頭。

我知道她們很快就要離開了，留下我一個人在這如今已是再熟悉不過的房間裡休息到午夜，回味著安娜的體香和她動人的各種姿態。我正想和安娜握手道別，她卻轉過身來，緊緊地抱住我，似乎我們兩人之間再也沒有明天，而實情也是如此。她的臉倚在我胸前，我可以感覺到她的熱淚浸濕了我的襯衫。我輕輕撫摸她的頭髮，不知道應該說什麼才好。我衷心希望她能為自己建立一個成功、幸福的未來，找到一個真正愛她的男人，兩人攜手建立一個美好的家，甚至生幾個孩子。安娜說過她不要孩子，理由是自己沒有童年，因此不知道如何面對下一代。我聽著她的告白，卻知道她可能比許多自小生活圓滿的女人更懂得孩子們需要什麼。

安娜仰起頭在我臉上吻了一下，算是道別，她沒有化妝的臉上依然充滿淚痕，我拿起她胸前的絲巾一角，輕輕為她擦拭，她握住我的手，貼在臉上好一會兒，然後才依依不捨地放下。有那麼一瞬間，我以為自己在她臉上看見的表情是一種暫時按兵不動的忍耐，然而她低頭順了順自己的絲巾，再抬頭看我的時候，眼裡的悲傷已經被安慰和珍惜取代。她知道我們從此不會再有見面的機會，那低低的一聲「再見」，就足以代表千言萬語了。

送安娜出門前，莉雅轉身對我交代了一句：「你好好休息，我會再和你聯絡，有件事想跟你商量，問你的意思。」我愣了一下，連忙答應了。莉雅牽起安娜的手，兩人一起向我揮手道別。她們就這樣離開了。

我照例回到床上休息，一覺睡到晚上八點才醒來，隨便叫了一點東西吃，痛快地洗了澡，又打開電視挑了一部電影看，正在收拾行李的時候，卻聽見有人敲門。門一打開，赫然是莉雅站在那裡，看起來有些疲累，神態卻依然優雅動人。我知道她下午帶安娜去了機場，想來她是在送安娜上飛機之後，又直接趕回皇家飯店來的。這樣長途跋涉，也真是辛苦她了。

「怎麼啦？」我請她進房，關上門，隨即把她擁入懷裡，感覺她曲線美好的身體緊貼著我，享受著我的溫存，體會著兩人之間這份難得的寧靜安詳。我知道自己不可能有和她再次做愛的機會，此刻也應該讓她好好休息，了解一下她想和我商量什麼事情，心裡卻還是忍不住想像我們在這房間裡可能有的歡樂。

她不說話，只是倚在我身上，過了許久，才脫出我的懷抱，掠了掠頭髮，給我一個抱歉的微笑。她的笑容還是那樣嫵媚溫婉。她看得出來我已經完全恢復了精力，卻因為自己太累、也不能再和我交歡而感到無奈與遺憾。我知道她也想到了我們初相識時在這房間裡度過的美好時光，卻選擇在回憶中珍惜、品味，不因為時光的永遠逝去而感到悲傷。她的眼光隨即轉為歡愉，我知道她明白我的心情，更因為兩人之間的這份默契而感到喜悅。

我讓她坐下，給她泡了一杯咖啡。她姣好的紅唇映襯著咖啡杯口的蒸氣氤氳，顯得額外性感。「你還記得蘇珊嗎？」她的態度還是那樣溫柔而直接。

我怎麼能不記得她呢？我的第一個客戶，充滿責任感而對自己督促有加，經過我的調教而充份體驗到性愛的樂趣，全心全意準備好要成為牧場主人傑克的好妻子。我似乎還能聽見她在午夜的陽台上達到高潮的喊聲，彷彿想讓全世界目睹一個嶄新的女人誕生。

「蘇珊回家之後，和傑克處得很好。她最近和我聯絡的時候，特別要我轉告你：他們兩人都很感激你的協助。」莉雅黑白分明的眼睛定定地看著我，眼中沒有任何調侃的意味，也沒有刺探我的反應的意思。我握住她放下咖啡杯的手，感謝她轉達的這個訊息。

然而她的下一句話卻讓我發起呆來，不知道應該怎麼回答才好。她看著我，緩緩地宣佈：「蘇珊上個月生了個兒子，正好傑克的牧場豐收羊毛，蘇珊在中國的老母親也決定移民到澳洲來。蘇珊說，她想請我們兩人一起去參加傑克辦的慶祝酒會，只是不知道你願不願意。」

我的第一個反應是在腦中迅速計算了一下。我和蘇珊相處的那三天是在一年多以前，人家都說「十月懷胎」，因此這嬰兒絕對不會是我的，應該是傑克的兒子。我隨即慶幸蘇珊果然成功地為自己創造了幸福美滿的生活，內心深處卻不由得有一絲悵然和好奇。繁殖下一代的感覺是什麼呢？我從來沒有想過這個問題。

我臉上的表情一定透露了些許思緒，因為莉雅隨即笑起來，臉上也出現一絲紅暈。「寶寶的父親當然是傑克啦，蘇珊說他高興得簡直快飛上天了，立刻就答應贊助她母親移民到澳洲的申請。蘇珊打算等孩子長大了，再慢慢把中國的其他家人都接過來。」

我點點頭，也不由自主地為蘇珊的這個願景感到興奮，心胸之間感覺快樂得要膨脹起來。她努力了這麼久，付出了各種心力，甚至答應讓我這個陌生人來訓練她的性愛技巧和耐力，這一切到如今終於有了成果，各種回報也正是她想得到的。她的人生在今後必定是長遠的喜樂順遂，她和傑克也會齊心合力把孩子撫養長大，兼容並蓄澳洲和中國兩種文化的優點。我真心地為蘇珊和傑克感到驕傲。

然而我應該羨慕他們嗎？我從來沒有想過婚姻所涵蓋的各種瑣碎細節，至少就我個人而言，這種正式的認定手續不是一件必要的事。我一向認為男女之間可以有性交的歡愉，卻不一定要有愛情；如果他們之間真的產生愛情，那也是值得慶幸的事，卻不一定要結婚。男人和女人如果能夠真正快樂地在一起，那就足夠了，何必一定要結婚，用一紙證書和一枚戒指做為對彼此的承諾，更為了向他人證明自己的執著與忠誠？如果男人和女人是快樂的，則他們不結婚也可以一輩子幸福美滿。如果兩人不能快樂地共存，就算結了婚也沒用。

儘管如此，如果有人願意為了愛情或其他的原因而追求婚姻，更像蘇珊那樣盡力維持婚姻，我卻也能夠衷心地祝福他們。每個人走的路都不一樣，我當然不以為自己的選擇比其他人優越，別人所追求的目標卻也不能讓我感到羨慕或嫉妒。我在蘇珊和傑克的婚姻旅程中扮演了一個角色，如此而已。如今他們的好戲已經開幕，我出席做觀眾，為他們真心誠意地喝一聲采，也是很自然的一件事。

想到這裡，我便做了決定。「既然他們邀請了，我們當然也應該去捧場。妳打算什麼時候動身？怎麼去？」能夠和莉雅一起花時間旅行，讓我的聲音裡多了一絲興奮與期待，我握住她的手也不禁緊了一緊。她完全明白我的心意，臉上又露出了微笑。

「嗯，酒會訂在兩個星期之後的週末。我星期五那天早上八點開車來接你好嗎？就在皇家飯店的大廳碰面，我們慢慢開，大概要四、五個小時吧，下午兩點以前就可以到。蘇珊說，我們不管什麼時候抵達都沒關係，傑克不會介意的。」她看見我刻意圓睜眼睛的誇張表情，不禁笑了出來。「你不知道我會開車吧？只是一輛舊車而已，別期望太多。」

「我還真是不知道。我發現自己很難想像妳開車的樣子。」我搖搖頭，老實地承認。像她這樣充滿自信的女人，會像希臘神話裡的雅典娜女神那樣，駕車的時候充滿神聖的榮光嗎？我自己也好久沒開車了，正好藉此機會重拾故技，必要的時候也能接手駕駛，讓她休息一下。

我們商量了其他細節，將近午夜的時候才離開飯店。乘電梯下樓的時候，莉雅突然想起什麼事，轉頭看著我。電梯三側的內壁都是鏡子，她的臉便這樣在鏡中交互映照無數次，她的美麗也在我心中震攝、激盪良久。我再次發現自己是一個極幸福的男人，能夠有莉雅陪著我短短地走過一程人生。有一天我們終究會分開，到時候我也必定會感到難過，然而悲傷失意會隨著時間逝去，只有美好的回憶能永久存在心中。

「你知道安娜臨走的時候，對我說了什麼話嗎？」她輕輕地問，一面環著我的手臂，那看似隨意的親暱讓我感到十分溫暖。我試著猜想，卻沒有答案，便搖了搖頭。

「她想和你保持聯絡，甚至和你發展進一步的關係，可是我明白地告訴她，這是不可能的。你們之間的緣份就只有三天而已。」電梯的門打開了，我們跨入飯店大廳，往櫃台的方向走去。周遭的人看見我們這樣親蜜，是不是以為我們是一對美滿夫妻？他們會不會羨慕我的好運，能夠有這樣一個女人作伴？

我在不久之後就會發現，我和安娜之間的緣份其實不只那三天，就像我和蘇珊的故事還沒有結束一樣。可是此刻我的身邊有莉雅，也只有她能讓我感到無比的寧靜和諧，彷彿全世界的人事物都停止了存在，宇宙之間只有我們兩人，像星月一樣永恆而規律地運轉，交織的軌道永遠也沒有終結。我的完美的莉雅，我真想念她。

# 第十四章

　　我坐在皇家飯店大廳一角的沙發上，等莉雅來接我。早上八點的飯店裡還沒有什麼客人進出，櫃台後面的招待小姐頻頻打著呵欠，站在門口兩邊的領班和警衛則輕鬆自在地聊著天，一面欣賞著聖喬治大街上的車水馬龍，一副置身事外的表情。電梯的鈴響了，一個打扮入時的年輕女客人戴著墨鏡，匆匆地走了出來，在大廳裡觀望了一下，似乎沒有看到要見面的人，便到一旁的電話亭裡去了。我把手裡其實沒怎麼在看的一本小說放回行李袋，袋裡沒什麼重要東西，只是兩套換洗衣物，還有兩份小禮物，分別送給莉雅和蘇珊，畢竟我這次的任務不是要訓練人妻，而是和莉雅輕輕鬆鬆地去拜訪一個老朋友。

　　才想到莉雅，她就走進門來，我以往看到的她都是穿洋裝，此時她一身襯衫綢褲，長髮在腦後紮成馬尾，看起來清爽大方，在嫵媚之餘又多了一股瀟灑。我站起來迎向她，輕輕在她臉上吻了一下，她身上那股特有的清香聞起來還是那麼熟悉，讓我有心曠神怡的感覺。我一時之間彷彿回到了童年時期，像小男孩那樣羞澀地把小禮物拿出來給她。

　　她笑著把包禮物的彩紙拆開，看見我精心為她挑選的絲巾，不禁低呼了一聲，臉上綻放的欣慰笑容令人幾乎無法直視。她側著頭把絲巾在馬尾上綁好，讓絲絹的兩端輕飄飄地垂在肩膀上。「你選的顏色真好，我很喜歡。」她知道她在我面前從來不必說什麼客氣話，我也知道她的回答是真心誠意的，沒有任何敷衍的意思。她又嬌柔地看我一眼。「我還以為你永遠也不會送我絲巾呢。」

　　我情不自禁地伸出手愛撫她臉上依然細嫩的肌膚，隨即把手移到她鬢旁，整理了幾絲散落的黑髮。我怎麼能告訴她，她在我心中的地位和那些客戶有所不同呢？我尊重並珍惜自己相處過的每一個女人，對莉雅卻特別有一種深刻的熟悉，那是一種不言而喻的交心，我們的肉體不必再接觸，彼此的心靈卻能夠完全融合為一。同樣是一條絲巾，對我來說卻有著更為深重的意義。我希望莉雅能夠了解我的心意，也相信她確實能夠明白我對她的感情。

　　我們站在那裡深深地看進彼此的眼睛，過了許久，她才有些羞澀地低下頭來，握住了我的手，我拎起自己的行李袋，和她一起往飯店的大門走去。我感覺她有著少女的嬌羞，我自己心中又何嘗不是驚異萬分，這算是我們的第二次約會吧，我們相識卻已經一年多了。

　　莉雅的車果然並不起眼，只是式樣簡單的銀色小轎車，停在酒店左側的收費停車場裡，看起來中規中矩。我把行李袋放進後車廂，隨即坐進前座左側，讓莉雅把車開出雪梨市區，再由我來接手。我把停車費交給管理崗哨的警衛時，發現先前在大廳裡東張西望的那個年輕女人也走出飯店，讓門口的領班給她叫了一輛計程車。我此刻的心情極好，只希望天底下的所有人都能像我一樣快快樂樂地過一天。

　　長達五小時的車程其實沒有什麼好說的。我們每開一小時就停下來休息，莉雅準備了三明治和熱咖啡，我們偶爾也會在路邊的小店裡買些零食飲料，打打牙祭，中餐則在一個頗有古風的小鎮上悠閒地解決。莉雅十分健談，說起自己最近幾年來參與過的許多文藝活動，對各種時興的文學和音樂潮流如數家珍，讓我聽得津津有味。我也提起自己平時看的一些書，畢竟我現在沒有正式的工作，唯一充實自己的方法就是大量閱讀，電視和電影則不怎麼看，更不用說是影碟了。莉雅說，這樣單純的生活真好。

　　我習慣了雪梨市區的繁忙生活，人與人之間匆忙交錯卻始終保持陌生的距離，一旦來到鄉間，開車經過無數個人口只有幾千、甚至幾百的小城小鎮，不禁覺得心胸整個開闊起來。澳洲這個地大物博的國家，地平線延展到天邊，其間不知道蘊藏了多少個精彩絕倫的人物，像莉雅這樣，有人發掘固然好，無人賞識也能夠自得其樂。這裡的步調是輕鬆而自在的，不需要比較或計較什麼，更不用輕率或嚴肅地判斷自己和別人。這種對於個體的適度尊重是我一向喜歡的，而在城市與鄉鎮之間的無人地帶，我特別能感受到這種自由。

　　我把這種感覺對莉雅說了，她也能夠心領神會。她說起當初我和蘇珊的三天訓練結束，她到皇家飯店六百二十六號房接蘇珊的時候，特別能夠感受到同為中國女人的蘇珊有意比較的眼光。也許蘇珊想與之競爭的只是她自己，在經過徹底的身心轉變之後，特別希望能夠獲得莉雅這個牽線人的認可。女人都是喜歡互相比較的嗎？莉雅問我。我聳聳肩。也許男人才是擅於比較的動物。我想到我的老闆，總是在追求讓自己做為單身男人的身價更高的各種成就，我也想到傑克，這個我很快就會見到的牧場主人，蘇珊的丈夫，一個極有執著、為了達成最終的目標而在過程中願意犧牲自我的部份權益的男人。人如果不比較或計較，就不會有執著，生命也不會有目標了。

我略微搖下車窗，讓風把頭髮吹亂，手裡穩穩地握著方向盤，看莉雅側著頭遙遙地眺望地平線那一端的原野，我自己的思緒也奔放起來。我想到珍妮佛，這個為我的性愛人生啟蒙的女人，她現在住在哪裡？結婚生子了嗎？有人全心全意地愛著她嗎？我同時也想到自己在蘇珊之後的一年多以來接觸過的十二個客戶，十二個性情、心靈和肉體迥異的女人，她們是否都像蘇珊一樣，已經為自己開創了幸福美滿的人生？我想問莉雅這個問題，卻覺得還是不要開口比較好。就讓我自己來保存這許多美好難得的回憶吧，這次能夠去拜訪蘇珊，已經是相當難得了，更何況，我和莉雅之間的這段旅程是獨特的，我想將之保持得越單純越好。

到了下午兩點，我們已經抵達傑克的牧場外圍，莉雅在駕駛座指點我下車打開柵門，她開進車道，我再關上柵門。這是澳洲鄉野的傳統，任何事物被發現時是什麼樣子，也就應該保持原狀不變，畢竟每個人的生活步調都不一樣，不能以自己的心意標準去隨便推測、判斷或衡量別人。我想，莉雅和我都真正地做到了這一點。

長長的車道延伸了將近兩公里，我們可以看見傑克的牧場大屋遠遠地聳立在地平線上，四周卻只是乾燥的棕色原野，偶爾可以看見擠在一起的羊群。這大地乍看之下缺乏生命，其間卻有著無窮生機。莉雅說，傑克今年單是靠著羊毛外銷的收入就賺了幾十萬元，我不禁吹了一聲口哨。儘管如此，像我這樣的外行人卻也知道，經營牧場的開銷其實也頗驚人，傑克一家人平日還是得省吃儉用，像這樣大張旗鼓主辦宴會的機會可能不多吧。

我們開到牧場大屋前面的時候，看見這棟丁字型的石造房子規模不同凡響，左右兩翼各有五間房，正中央的主屋則至少有四間房那麼深，整棟大屋的兩側還有果園、菜場、花圃、馬房和穀倉，此外還有工人修剪羊毛、進餐和住宿的地方。如此規模的房地產在雪梨市區只怕沒有什麼人買得起，在新南威爾斯的中部這裡卻是恰如其分，每一個構造都有實用性的價值，也沒有一個角落的空間被浪費掉。

我們下了車，看見傑克和蘇珊坐在主屋前的陽台上乘涼，這陽台的面積至少是我在雪梨市區的房子的兩倍大，我偷偷對莉雅吐了吐舌頭，她輕笑著瞄了我一眼，隨即登上通往陽台的台階，讓我像小學生一樣跟在後面。

傑克的個子和我差不多高，體格壯碩，和我相握的手結實有力，膚色曬得很黑，襯出他早灰的髮色一片銀光，臉上則是誠懇開朗的笑容。「終於見到你了，也終於有機會能向你道謝，」他緊握著我的手，另一隻手在我肩膀上拍了一下，像是多年不見的老友似的。我對這個粗曠的男人立刻產生了好感，他那毫不做作的態度讓我知道自己在這裡不是外人，一切只要實際自在就好。

「謝什麼呢，」我回答。「倒是要恭喜你們夫妻婚姻美滿，現在又生了個胖兒子，聽莉雅說你今年的羊毛收成很不錯，真是三喜臨門呀！待會得和你一起痛飲幾罐啤酒！」

傑克哈哈大笑，又在我肩膀上拍了一下，隨即轉身歡迎莉雅，我也趁機和站在一旁的蘇珊打招呼。她當初細瘦的身材已經變得渾圓柔軟，臉色豐潤亮麗，多了一股成熟女人的風韻，也許更有當母親的滿足和驕傲。我輕輕擁抱了她一下，在她臉上一吻，隨即禮貌地退開半步，保持自己的分寸，畢竟她現在是傑克的妻子。她的微笑還是那麼溫柔，眼神中卻透露出感激，向我點頭致意，然後走到傑克身邊，輕輕用手挽著他的臂彎，等他和莉雅寒暄完畢，才仰頭向他說了幾句話，似乎是提醒他要請客人進門。

我看到這裡，心裡不禁為蘇珊喝了聲采。她那極自然而本份的妻子神態，充份表現出對於自我存在地位的理解和掌握，不卑不亢，從容優雅，在在顯示了她做為人妻的成功，也是一個女人完全能夠肯定自己、尊重自己的成功。在她和傑克的婚姻關係中，兩人顯然是完全平等的，她不刻意討好傑克，傑克對她的愛慕和欣賞，也在他低頭凝望嬌妻的神情裡一覽無遺。他笑了起來，拍拍蘇珊挽住他的手，兩人就這樣親蜜地走進屋裡，一面還回頭招呼我和莉雅：「來呀，不要客氣，進來坐！我去抱兒子，讓你們羨慕一下！」

莉雅和我互看一眼，臉上都浮起笑容。我心中不免有些感慨，覺得自己何德何能，竟然有幸見識這個美滿家庭的生活，他們的生活是如此暢快舒坦，在長久的努力之下終於能夠享受收成的愉悅，真令人羨慕。

莉雅握住我的手，我知道她心中也是五味雜陳，想起了自己曾經短暫擁有、卻被命運無情剝奪的美好生活。我們肩並肩，走進牧場大屋。這溫馨的家庭生活，讓我們兩人享受半天，也是好的。

# 第十五章

　　傑克和蘇珊的兒子名喚小傑，充份表示出他們對下一代的期許。剛滿月的孩子胖胖的，整個下巴因為習慣吸奶而呈方形，扁扁的鼻子襯著紅潤的雙頰，眼睛像蘇珊，飽滿的前額卻像傑克，莉雅說這代表孩子的未來福星高照，逗得傑克和蘇珊兩人笑不攏嘴。抱著兒子的傑克似乎自己也充滿童心，嘴裡儘是嘰嘰咕咕的兒語，一旁的蘇珊看著他，眼神中滿是愛憐、欽慕、感恩、得意。孩子仰臉打了個大呵欠，隨即扁起嘴來想哭，傑克察言觀色，立刻判斷餵奶的時間到了。他緊抱著兒子，在裹成一團的孩子額頭上親了一下，然後輕輕把襁褓交給妻子，讓她在沙發上坐下，又拿了毛巾、襯墊來放在她手臂下面，讓蘇珊能舒舒服服地餵奶。

　　他們毫不避諱，莉雅和我便也保持著自然的態度，我們四人繼續談天說笑，我偶爾會好奇地看看蘇珊和小傑。蘇珊的上衣顯然是特製的，解開一邊衣襟就可以露出渾圓白皙的乳房來，她才把雙眼半閉的兒子抱在膝上，小傑便像餓極的小獸那樣把頭湊到她懷裡，張大了嘴，急切地搖著臉找尋乳汁，直到把小嘴湊上蘇珊的乳頭才放下心，滿意地吸吮起來，兩頰脹鼓鼓的。

　　這樣細細餵了大約二十分鐘，小傑似乎吃得心滿意足，竟然快睡著了，嘴裡卻還含著媽媽的乳頭。蘇珊用手指點點他的小臉，把乳頭拉出小嘴，隨即把孩子換到另一邊的乳房上，繼續餵奶。我看著小傑的小手撫在蘇珊的乳房上，心中不禁感到一陣溫暖。我自己小時候也曾經這樣被抱在母親懷裡吧？可惜已經記不得了。

　　傑克問我和莉雅：「怎麼樣？看媽媽給孩子餵奶，感覺很好吧？我從前不知道人生可以這樣幸福，現在卻每天都過著好日子，真的是要感謝上蒼。」

　　我點點頭：「嗯，我從前還真沒看過女人給孩子餵奶的模樣，看起來很溫馨，孩子也吃得開心。」

莉雅乾脆湊到蘇珊的沙發後面去看小傑吃奶的樣子，兩個女人臉上都是滿足的神情。好不容易餵奶完畢，蘇珊把衣服整理好，傑克給孩子換了尿布，兩人便一起送孩子回房睡覺，然後招呼我們喝下午茶。蘇珊這一年來顯然學了不少烹飪烘培的本事，一碟藍莓脆餅和奶油小蛋糕吃得我和莉雅心滿意足，傑克也給我們泡了濃濃的黑咖啡。之後，莉雅到廚房去幫蘇珊準備晚餐，傑克則帶我四處參觀牧場。我看著庫房裡滿坑滿谷堆積的大袋羊毛，想像這些原料行銷到世界各地，織成無數時髦人士身上的各種衣物，不禁悠然神往。

晚餐是蔬菜田園濃湯，烤羊排伴蘑菇醬，馬鈴薯沙拉，鮮蒸青豆和紅蘿蔔什錦，奶油麵包，當然還有水蜜桃加冰淇淋當甜點。傑克和我果然痛飲了半打啤酒，莉雅淺酌著一杯白酒，蘇珊則因為要給孩子餵奶而只喝柳橙汁。鄉村的夜晚寧靜無比，才晚上九點半，卻像午夜那樣溫馨祥和，令人產生疏懶的倦意。傑克和蘇珊平常早上五點半就起床，屋裡屋外操勞一整天，莉雅和我便也早早告退，到左翼盡頭一間佈置完善的客房休息。

客房裡的兩張單人床已經被傑克或蘇珊體貼地併在一起，莉雅和我相視一笑，便分別梳洗整理，然後上床聊天。我們沒有交歡的慾望，在肉體方面卻親近、熟悉無比，莉雅的雙肩因為開了半天車而有些痠痛，我便輕輕地給她按摩，她把頭倚在我的大腿上，黑白分明的眼睛仰視著我，讓我的心神無比舒坦。

「你羨慕他們一家人嗎？」莉雅問我。她握住我的手，讓我停了按摩的動作。我擁她入懷，感覺她柔軟溫潤的身子緊貼著我。

我仔細想了一下才回答。「不能說是羨慕，因為我自己沒有這方面的家庭經驗，因此沒有比較的準則。這一切對我來說都很新奇，可是我就這樣坐在那裡看著他們一家三口，感覺真是很溫馨。」

的確，我從來沒有想過有孩子會是什麼感覺，像傑克那樣充滿自信和驕傲，對於未來有無限憧憬，夢想著自己可以給孩子最好的一切，陪孩子一起長大。我想起我的老闆，此刻不知道在雪梨的哪一家夜總會裡和哪個脫衣女郎糾纏不清。我也想起自己一向保持的單身生活，平靜而無所求，因此從來沒有體驗過追索的渴望和心痛。一個人的生命可以在短短一年之中產生如此大的變化，然而在變化的每個階段瞬間，一切卻又像是永遠。我一面思索，一面把自己的想法說給莉雅聽。

她的手指玩弄著我的睡衣領口，長髮半掩著姣好的臉，似乎也在思索著什麼。我們兩人就這樣躺在那裡，直到她輕笑一聲，坐起身看看床頭櫃上的鬧鐘，竟然已經是午夜了。

我留莉雅在床上，給她蓋好棉被，然後去廚房，想給她熱杯牛奶暖暖胃。廚房和我們吃晚餐的暖廳都在正屋，西翼的頭兩間房則是傑克夫婦和小傑的房間。我特意放輕手腳，不希望吵醒他們，卻從廚房的窗口看見了傑克和蘇珊在他們房間後陽台的身影。

午夜的月光下，空氣有些涼意，傑克和蘇珊都穿了睡袍，衣襟卻敞開著。蘇珊下午和傍晚挽成髻的長髮此時已經披散下來，垂在她的胸前和背後，也垂在低頭吸吮她的乳房的傑克臉上。傑克坐在一張長椅上，蘇珊則跨坐在他的腿上，身體微微後仰，兩人輕緩地配合著彼此前後移動，他們的交歡如此舒緩從容，兩人都享受著這種親暱。傑克輕柔地吻著蘇珊的乳房，舔咬她粉紅色的乳頭，讓她麻癢得扭動上身。她低頭抱住傑克的頭，回吻著他的前額、臉頰、下巴暗黑色的鬍髭、隨著口水吞嚥而上下移動的喉結，又輕輕咬著他的耳垂。傑克發出一陣沒有意義的呻吟聲，兩手擁住蘇珊白皙飽滿的臀部，移動下身的動作也加快了。

蘇珊輕輕把傑克往後推，讓他在長椅上躺下來，他的睡袍便從身子兩側披垂下來，露出結實壯碩的裸體。蘇珊站起身，俯視心愛的丈夫，然後往後退了一步，在長椅盡頭蹲下來，把傑克堅挺脹大的陰莖含進口裡，吸吮著，推送著，用手掌握撫揉捏著，傑克長嘆了幾聲，把雙手高舉到頭頂，反握住長椅的另一端。蘇珊再度跨坐到傑克身上，卻把睡袍脫了，整個豐潤美好的身軀便袒露在月光下，她讓傑克的陰莖滑進自己的陰道，然後俯身握住他的手腕，讓自己豐滿的乳房壓在他的胸膛上，開始移動下身。

這是宇宙之間至高無上的歡愉，是男女之間最完美、最徹底、最直接的結合，雙方都能完全付出，完全接受，完全信任對方能給自己最大的歡樂，也完全確定自己願意為對方奉獻所有。也許真的只有夫妻能做到這一點吧，我心想。他們做了承諾要一生相惜相守，共同經營人生事業，共同培養下一代。我驚訝於這種看似沉重的責任，然而我在傑克和蘇珊身上看到的只有甜蜜和深愛。

我站在陰暗的廚房窗邊，看著他們盡情歡愛，隨著高潮的接近，蘇珊挺直了上身，傑克也坐了起來，用他健壯的身軀支持妻子的體重，幾乎是以半蹲的姿勢抽送著陰莖，蘇珊整個人也隨之起伏，潔白的乳房在月光下顫動，完全是一副令人心曠神怡的美景。傑克能夠持久，蘇珊的嬌呼聲卻越來越動人心魄，她緊緊抱住傑克，汗濕的身子在月光下閃著光，她的雙腿纏在傑克腰間，完完全全把自己開放給丈夫，任他長驅直入，更享受他的奉獻和膜拜。傑克低吼一聲，把頭埋在蘇珊雙乳之間，下身用力往上頂，蘇珊猛地把頭往後仰，就這樣達到了高潮。她整個人劇烈顫抖著，雙眼緊閉，腳趾卻蜷縮起來，好像再也承受不住這樣的極樂。

過了許久，傑克才把蘇珊放下，她倚著丈夫站著，似乎嬌弱無力，楚楚可憐，一手握著他的手撫弄自己的乳房，另一手還挑逗著他直豎的陰莖，彷彿驚嘆於他的壯偉能力。她輕輕拉他，傑克抱以充滿愛意的微笑，低頭在蘇珊耳畔吻了一下，兩人就這樣轉身回房，想來還要繼續歡愛，直到傑克滿足為止。後陽台的地上，只有蘇珊的睡袍留在那裡。

我繼續在廚房窗口邊站了一會兒，才如夢初醒地拿起先前給莉雅倒的那杯牛奶，轉身回到客房。莉雅趴在棉被下面，似乎已經熟睡，我把牛奶放在床頭櫃上，掀開棉被，準備上床睡覺，這才注意到她頸後插的那把尖刀，還有被鮮血染紅的枕頭和床單。

我猛轉身面對窗口，發現早上在雪梨皇家飯店大廳裡外看見的那個戴墨鏡且打扮入時的年輕女人站在窗邊，此時我認出了她，心中頗為奇怪自己當時怎麼沒有發現她的真實身份。想來這是因為在我和她相處的那三天之中，她多半都是裸體的，臉上的表情不是渴求狂暴，便是梨花泣雨，完全不像我在飯店大廳裡看到的那個時髦從容的女人。更何況，我以為莉雅已經送她上飛機回到西澳洲的柏斯市了。

# 第十六章

　　警方在一星期之後找到了我。當時我已經把銀行存款全部提出來交給安娜，幫她在雪梨市郊租了一個小房間，也把我自己的傢俱搬過去給她用。時間緊迫，我能為她做的事情不多，只能鼓勵她堅強起來，儘快找個正當的工作，好好照顧自己，耐心等候我們再次相聚的機會。

　　我記得自己和她暫時道別、回到空空的家裡去等警察上門的那天，她緊擁住我，滿臉淚水，不肯讓我離開，甚至要自己去投案，卻被我阻止了。我想我可以體會她的心境：在熬過這麼多年的辛酸苦楚之後，終於碰到一個可以信任依靠的男人，一心想抓住這個千載難逢的機會，在面臨絕境、氣急敗壞的情況下，甚至不惜殺死她認為足以對這份追求造成威脅的莉雅。

　　當初莉雅送她去機場的時候，安娜就下了決心要留在雪梨。她假裝去櫃台準備登機，卻偷偷叫了計程車，一路跟蹤莉雅回到市區的皇家飯店，然後給自己買了改裝的衣物，登記住宿。接下來的兩個星期裡，她一直在暗中跟隨、觀察著我，我卻毫不知情，只是興奮地期待著和莉雅共同旅行的機會。和莉雅在皇家飯店會合的那天早上，我沒有注意到安娜在我之後走進大廳，卻看到她從電梯出來，因此以為她只是飯店的住客。莉雅和我離開之後，她也叫了計程車，然後一路跟著我們穿過大城小鎮，直到確定我們抵達傑克的牧場為止。

　　當天晚上，安娜偷偷潛進傑克的牧場，那兩公里的車道讓她走得精疲力盡，然而當她看到傑克一家人和我們賓主盡歡的場面時，她突然對莉雅產生了難以克制的嫉妒。我想，在經過莉雅安排而和我接觸過的十三個中國女人眼中，莉雅必定是個充滿神秘的角色，她們知道她曾經做過妓女，在澳洲社交界有極好的人際關係，她們更知道我是專門由莉雅聘請來訓練她們精進性愛技巧的「人妻教練」，也經常有機會目睹我和她之間毫不做作的親暱。

人都是擅於比較的。當初蘇珊和我相處了三天，再見莉雅的時候便想證明自己已經不同凡響，其他的中國女人多半也有類似的思緒，有的十分明顯，大多數卻比較隱晦。也許這些女人都知道自己在澳洲已經有了人妻的身份，對於未來美滿婚姻生活的追求，將會直接影響到她們自己在澳洲的生存機會和照顧遙遠中國家人的能力，因此儘管對我很有好感，卻還是可以轉身離去，不再回頭。只有安娜不一樣：她是單身，沒有婚姻的束縛壓力，從我這裡得到的性滿足和心靈慰藉是她從來沒有體驗的，更一心一意想找個可以信任依靠的男人。她和我之間的三天相處其實是她孤注一擲的機會，如果得不到我，她就得回西澳洲去再過一年的妓女生活。她把自己一生的幸福寄望在我身上，儘管我給她的只有三天的溫存而已。

而莉雅，我的溫婉優雅的莉雅，沒有任何女人比得上她，也沒有任何人可以抹煞我對她的愛意和永遠的尊敬。我可以了解安娜為什麼會有受到威脅的感覺：她不必親眼看到我和莉雅做愛的模樣，也可以在我們的一舉一動之間感受到我們的那種心靈和肉體的契合。儘管莉雅和我那天晚上只是一起躺在那裡談心，儘管我們此生只有一晚交歡的機會，此後再也沒有上過床，這一切對安娜來說卻都不重要。她只知道莉雅和我在彼此心中有著極重要也極自然的地位，這就足以讓她產生妒意了。安娜從小到大接觸過的只有蹂躪和強求，她選擇用暴力來解除任何對於自己的威脅，也是一件很自然的事。

那天晚上安娜在客房的窗外窺伺，我去廚房拿牛奶的時候，莉雅差不多已經睡著了。我因為目睹傑克和蘇珊的歡愛而沒有及時回房，竟然因此而給了安娜一個絕佳的下手機會。我想起莉雅和我那天的每一句對話，她開車的神態，許多次侃侃而談的從容智慧，她在我面前無拘無束的自由，她倚在我大腿上、抬頭看我的嬌柔。我真希望她在安娜的刀下沒有受苦，死亡只是不到一瞬間的事。

我希望莉雅此刻在天堂裡能夠快樂，更希望她能理解我的選擇。我知道她能。她畢竟是我的莉雅。

我發現安娜的時候，一切已經為時已晚。我當時驚呆了，只以為自己會隨莉雅而去，如果我真的落得那種下場，也未嘗不是皆大歡喜的結局。然而安娜的不斷懇求讓我心軟，她不顧一切，隻身一人留在雪梨，想方設法追尋我，只為了和我在一起。她願意去投案，只要我能一路陪著她。我一想到她才二十四歲，只和我相處了三天就這樣以身相許，不惜犯下謀殺重罪，更得為我坐上至少二十年的牢，就無法忍心答應她自首的請求。

然而莉雅的死總得有人負責。誰來承擔這個責任？如果我不願意讓安娜入獄，那我自己就得出面。畢竟，莉雅的死多少也是我的錯。

我想，我一直就知道自己這條路無法永遠走下去。我可以訓練出一個又一個完美的人妻，祝願她們婚姻美滿，然後回到家裡繼續我自己的單身生活，卻一輩子也不知道真正的渴望是什麼。我愛莉雅，卻可以過著沒有她的日子。我愛過和我上床的十三個中國女人，然而除了安娜之外，她們終究不是屬於我的。安娜對我的需求到了可以不顧一切下手殺人的地步，我卻在愛過她之後，又可以輕易地讓她回到西澳洲去繼續那生不如此的神女生涯。我對這些女人的愛都是極自然卻也極短暫的，愛的時候狂放激昂，愛過之後卻只是一片淡然。我永遠記得她們，然而她們在我心中也只是特別美好的回憶而已。

我到底需要誰？我一定得長久而專注地需要一個特定的女人，才能讓自己快樂嗎？更重要的是，讓我自己快樂，真的有那麼重要嗎？如果快樂對我來說一點也不重要，那我還不如專注自己的生命於幫助別人快樂吧。

我在很久以前就知道自己適合這個人妻教練的工作，莉雅在這方面比我還要肯定，因為她在雪梨的那間酒吧裡一眼就看出來，我不是一個能夠完全為自己著想的人。歷盡滄桑之後終於能得到一切、卻也不幸失去一切的她，最能了解需求可能帶來的空虛和痛苦，因為有所想望而難免失望，所以乾脆不再夢想，只是盡情享受生命中每一個瞬間的歡樂時光，在歡樂逝去的時候也能夠坦然處之。莉雅和我這麼相近，難怪我們能夠成為知己。我們之間的關係只像兩個偶爾被潮水沖到沙灘一角的貝殼，無論我們多麼親近契合，無論她和我體內醞釀的珍珠如何在陽光下彼此閃爍著光芒，我們終究也只是兩個獨立存在的個體而已。然後潮水又把我們沖走了。也許我這個貝殼在礁石上砸碎，體內的珍珠有朝一日還能給哪個發現的人帶來驚喜和滿足。

我讓安娜站在那裡不要動，然後去客房隔壁的浴室裡找了一條毛巾打濕，仔仔細細地把窗口四周的牆壁和地板抹一遍，又把窗框擦乾淨，避免留下任何和她有關的蛛絲馬跡。我回到床上的莉雅身邊，把她頸後的那把尖刀刀柄也擦乾淨，然後用自己的手握住，希望能夠留下清晰的指紋。我把所有的行李都留在客房裡，只拿了莉雅的車鑰匙，就這樣帶著安娜離開。發動車子的時候，我特意著亮大燈，猛踩油門，然後以高速離開，希望引擎和車輪摩擦礫石車道所發出的噪音能夠驚擾到傑克和蘇珊，不管他們是睡還是醒。一旦他們發現莉雅的車子失蹤而到客房去確定我和她一切安好，整件案子就會掀出來了，警方也一定會把我當做主嫌。只可惜，傑克預定於第二天舉辦的慶祝酒會沒有機會進行了。

事情進行得很順利，我被逮捕，送進監獄，等待審判，法庭給我指派了一個公定辯護律師。儘管我堅持認罪，律師卻還是基於人道而試圖以過失殺人的理由為我脫罪，他在法庭上雄辯滔滔，說我在見證傑克和蘇珊的美滿婚姻之後情緒激動，不能自制地向莉雅求婚，卻被她拒絕，因此憤而下手殺人。他這份好意讓我十分感激，卻無法改變我的心意和整件案子的既定發展：法官認為我無情冷血，做為殺人兇器的尖刀也不是從傑克和蘇珊的廚房取來，可見殺人的預謀已久，事發之後又毫無後悔歉疚之意，逃之天天，罪加三等。

我被捕之後，安娜每星期至少來監獄看我兩次，從不間斷，把自己找到工作、在雪梨市區一家中國餐館當服務生的各種體驗細細地說給我聽，又敘述她如何把柏斯市租住的套房退掉，把自己這些年來的存款轉到雪梨的銀行，以為未來生活所需。當初在警方追捕我的那一星期中，我們白天忙於安排各種事務，晚上則拼命做愛，希望能讓她順利懷孕，到法官判決我因為殺人罪而應得二十五年牢獄生活的那一天，安娜已經是大腹便便了。

我們的女兒在我入獄三個月後出生，我給她取名為莉雅，安娜也很贊成。有一天，安娜帶著莉雅，伴隨傑克、蘇珊和小傑一起來探視我，讓我喜出望外。傑克說他們一家人已經邀請安娜和莉雅一起到牧場去住了，蘇珊的母親也將從中國抵達，大屋從此之後將是熱熱鬧鬧的一片好景，安娜可以幫忙牧場的工作，小傑和莉雅這兩個孩子也彼此有伴。

　　莉雅滿一歲的那天，安娜和我請典獄長公證，由蘇珊和一位平時和我關係很好的警衛當證人，在獄中舉行婚禮，獄方還特別給全體犯人加菜，以資慶祝。安娜把戒指套上我右手無名指之後，我在她唇上輕輕一吻，看見她眼中興奮、滿足、愉悅、驕傲、柔情、承諾和奉獻交織的神采，不禁心曠神怡。這是我身為男人，有生以來第一次感受到真正快樂滿足的滋味。

　　我這個人妻教練，終於完完全全地成功了。謝謝妳，莉雅。

《人妻教練》

# 作者問答錄

南方客，現居澳洲，向來喜好寫作，把周遭普通的人事物轉化成離奇難解的小說情節，自娛也娛人。

以下是「電書朝代」中文電子書店於 2013 年五月和南方客的問答：

**問**：可否請您簡述一下自己的創作歷程？您覺得自己為什麼要創作？

**答**：我從年輕時就很喜歡寫各種文藝故事，但從來沒有出版過，也不以為自己在創作方面有多少才能，只是一種興趣而已。後來移居到澳洲，在這裡的華人社群中看到不少精采故事，有些甚至可以說是到了驚心動魄的程度，不禁覺得，能把它們寫下來，一定會是一件很有意義的事，算是對於時代大環境的一種見證吧。

**問**：您覺得就文學作品而言，對您影響比較深的有哪些作家？

**答**：我喜歡看小人物在大時代環境中掙扎求生存的故事，透過這些平凡人的喜怒愛怨，悲歡離合，看出時代和環境轉變的特色。就比較古典的作品來說，我喜歡《三國演義》和《水滸傳》。如果是現代作品，在華人方面，我喜歡龍應台，在澳洲這裡，我喜歡的是不久之前才去世的布萊思．寇特內 (Bryce Courtenay)。

**問**：您目前已經出版了情色小說《人妻教練》的中文電子書。您在這部作品中想要表達的是什麼？

**答**：「情色小說」這個詞好像很容易讓人誤解，但是你可以專心寫色，也可以在寫色的過程中探討情的本質，我覺得這兩者之間有很大的不同。當然我並不是說自己比別人都要清高，但是在《人妻教練》這本書中，我想寫的是來自中國的女性移民在澳洲求生的故事，她們有自己的希望和願景，也是善良而正直的，願意努力工作以達成自己的目標，真正存心取巧、走捷徑、欺瞞詐騙的人反而很少。因此如果有人能幫她們一把，未嘗不是一件美事。

　　我同時想探討性和婚姻之間的關係，特別是中國女性對於這兩件事的看法。我覺得中國女性在這兩件事上的角色，多多少少都是受到社會界定的，特別是受到以男性為主導的各種思想和行為所影響。因此中國女性需要深切思考自己到底需要什麼，想追求什麼，又如何界定和衡量自己的目標。而在這過程中，同樣的，如果有人能提供一臂之力，讓她們能從各種不同的角度來看事情，那也是好的。

　　**問**：您覺得就情色小說的形式而言，作者在建構情節、塑造人物、乃至於經營意境時應該注意什麼？

　　**答**：我看過一些情色小說，老實說，內容都很陳腔濫調，女性都是柔弱而受苦受難的對象，男性要不是拯救女性於苦難的英雄，就是用暴力手段欺凌女性的邪惡壞蛋。因此我覺得在建構情節和塑造人物方面，必須能脫離這樣的俗套，別出心裁地創造新局。當然我不是說自己有多優秀或高尚。這只是我自己想達到的一個目標而已。

　　在經營意境方面，我覺得情色小說不管是寫情還是寫色，都要寫得優美，有感覺，有意義，而不是單純的體能動作或口語表達。同樣的，這只是我自己想達到的目標。

　　**問**：您在創作上有遇過困難嗎？如何克服？

　　**答**：創作不是一件容易的事，我不知道其他作家的情況如何，但是我自己經常面對的問題是，心裡有很多想法，但是不知道如何用適當的文句表達出來。碰到這種狀況，我通常都會停筆，讓思路自己去想辦法解決問題。有時候腦筋放輕鬆，過了幾天或幾個星期，問題自己就能豁然貫通。我想這可能是創作不能承受壓力的課題吧。

　　**問**：您認為，在創作情色小說方面，最困難的步驟是什麼？

　　答：就像我上面說的，不管是寫什麼內容，最重要也最困難的就是要寫得優美，要有意義，而不只是單純湊字數。美不一定要是朦朧精緻的文句。美可以很實在，很平凡。但是美絕對不是故意的醜惡或做作，而這也正是困難之處。也許美就是真誠吧。

　　**問**：如果今天有人向您請教如何創作小說，您會提供什麼建議？

　　**答**：只管放手去寫，寫完以後才去想「如何，如何」的問題。

**問**：您覺得以目前市面上的情色文學作品而言，最想看到哪些方面有更進一步的發展與推廣？例如文字，情節，風格或主旨？

**答**：就像我上面說的，目前市面上的許多作品在文字和情節上都充滿了陳腔濫調，主旨也很狹窄，更說不上風格。我自己希望能透過寫色來探討情。我覺得這是值得推廣的一種想法。

**問**：您覺得就作者而言，透過電子書形式的出版有什麼利與弊？

**答**：這樣說吧，如果沒有電子書，像《人妻教練》這種作品可能很難有機會被一般出版社接受，倒不是這個故事不好，而是市場上的優秀作家太多了，大家都想在傳統出版環境中脫穎而出，卻都是擠破頭也沒有人注意，因此電子書可以說是提供了另一個出版的管道。至於缺點，我覺得主要就是目前有心接觸電子書的讀者還不多，因此你絕對不能想靠出版電子書賺錢吃飯。至於這個狀況將來會不會改變？我不知道。我只管繼續創作就是了，儘管我當然也希望自己的作品能賣錢。

有興趣購買南方客的《人妻教練》中文電子書的讀者，請參考：
http://www.ebookdynasty.net/Fiction/WifeCoach/indexTC.html